Die drei !!!

Außerdem in der Reihe Die drei !!! im Carlsen Verlag lieferbar:
Die drei !!! – Gefährlicher Chat / Betrug beim Casting

Veröffentlicht im Carlsen Verlag
Februar 2015
Mit freundlicher Genehmigung des Franckh-Kosmos Verlages

Umschlagbild: Anike Hage
Umschlaggestaltung: formlabor
Corporate Design Taschenbuch: bell étage
Druck und Bindung: GGP Media GmbH, Pößneck
ISBN 978-3-551-31386-7
Printed in Germany

Henriette Wich

Die drei !!!

Geheimnis der alten Villa

KOSMOS
bei CARLSEN

Die drei !!!

Geheimnis der alten Villa

Katastrophenalarm und Cake-Pops

Marie lag entspannt auf ihrem Schlafsofa. Sie hatte sich mehrere Kissen in den Rücken gestopft und eine kuschelige Wolldecke über die Beine gelegt. Draußen klatschte der Regen gegen die Fenster und ein heftiger Wind ließ die Baumwipfel im Garten hin und her schwanken. Für Mai war es eindeutig zu kalt. Darum hatte Marie beschlossen heute zu Hause zu bleiben und es sich in ihrem Zimmer gemütlich zu machen. Auf dem kleinen Beistelltisch neben dem Sofa standen ein dampfendes Glas *Chai-Tee Latte* und eine Schale mit Nussplätzchen. Der Sound der neuen *Boyzzzz*-CD drang leise aus den Boxen der Stereoanlage und auf der Fensterbank brannte ein Räucherstäbchen, das einen intensiven Duft nach Pinienwäldern verbreitete.

Der Geruch rief in Marie Erinnerungen an die Reise nach Spanien wach, die sie mit ihren Freundinnen Kim und Franzi in den Osterferien unternommen hatte. Sie hatten einen Sprachkurs in dem wunderschönen Städtchen Cuenca gemacht und waren ganz nebenbei in einen spannenden Fall verwickelt worden. Als *Die drei !!!* gingen Kim, Franzi und Marie regelmäßig auf Verbrecherjagd und hatten bisher noch jeden Fall gelöst.

Marie griff nach ihrem iPad, um sich die Urlaubsfotos noch einmal anzuschauen. Ein Bild nach dem anderen erschien in leuchtenden Farben auf dem Display und Marie versank in Erinnerungen …

Plötzlich gellte ein spitzer Schrei durch das Haus. Marie zuckte zusammen. Lina! Es klang, als wäre sie direkt nebenan im Badezimmer. Sofort meldete sich Maries Detektivinstinkt. War ihrer Stiefschwester etwas passiert? Ein Unfall? Eine Entführung? Oder ein Mordversuch unter der Dusche wie in dem Film *Psycho*? Marie hatte sich den alten Klassiker erst vor kurzem auf DVD angesehen und bekam eine Gänsehaut, als sie an das gezückte Messer und die Blutspritzer in der Badewanne dachte. Sie warf das iPad aufs Bett und sprang auf.

»Keine Angst, Lina, ich komme!« Marie stürmte ins Bad und blieb wie angewurzelt stehen. Fassungslos starrte sie auf die Szene, die sich ihr darbot. Lina war nicht verunglückt. Sie wurde auch nicht entführt oder ermordet. Stattdessen stand sie mitten in einer Wasserfontäne, die aus dem abgebrochenen Wasserhahn am Waschbecken schoss. Es sah aus wie ein riesiger Springbrunnen. Lina war klitschnass und schnappte nach Luft.

Marie konnte nicht anders, sie prustete los.

»Hilf mir lieber, du blöde Kuh!«, kreischte Lina wütend.

Doch da eilte auch schon Helmut Grevenbroich, Maries Vater, herbei, dicht gefolgt von seiner Lebensgefährtin Tessa, der Mutter von Lina.

»Was ist denn hier los?«, rief Tessa entsetzt.

Herr Grevenbroich blieb ganz ruhig. »Wir müssen den Haupthahn im Keller zudrehen.« Er spurtete die Treppe hinunter und kurze Zeit später versiegte die Fontäne.

»So ein Mist, ich hatte mir gerade die Haare geföhnt«, jammerte Lina. Ihre rotblonden Haare klebten klitschnass am Kopf, wodurch ihr rundliches Gesicht unvorteilhaft betont wurde.

»Wenigstens brauchst du heute nicht mehr zu duschen.« Marie grinste, doch dann wurde sie ernst. »Und jetzt kannst du mir vielleicht mal erklären, was du in meinem Badezimmer zu suchen hast!«
Lina lief rot an. »Äh … ich … na ja … ich wollte mir bloß deinen Lockenstab ausleihen, sonst nichts.«
»Sonst nichts?« Marie stemmte empört die Hände in die Hüften. »Du weißt ganz genau, dass du die Finger von meinen Sachen lassen sollst! Jetzt hast du mein Bad komplett verwüstet – vielen Dank auch!«
Das kleine Bad neben Maries Zimmer gehörte ihr allein und war ihr ganzer Stolz. Sie hatte es mit Kerzen, Muscheln und kleinen Holzfischen liebevoll dekoriert. Hier verbrachte sie Stunden, um sich zu schminken, zu stylen oder ungestört in der Badewanne zu liegen und sich mit einer erfrischenden Gesichtsmaske zu verwöhnen. Doch jetzt stand das Wasser knöcheltief auf den edlen anthrazitfarbenen Fliesen. Mehrere kleine Holzfische dümpelten traurig im Wasser herum.
Lina schob trotzig die Unterlippe vor. »Was kann ich dafür, dass der Wasserhahn einfach abbricht? Ich wollte mir nur schnell die Hände waschen …«
Marie setzte zu einer empörten Antwort an, als ihr Vater aus dem Keller zurückkam. »Reg dich nicht auf, Prinzessin«, beruhigte er seine Tochter. »Ich sage gleich dem Klempner Bescheid, bis heute Abend ist der Schaden bestimmt behoben.«
»Na hoffentlich«, murmelte Marie. »Ich wollte nachher nämlich noch ein Entspannungsbad nehmen.« Dass ihr Vater ihren alten Kosenamen benutzte, besänftigte sie wieder etwas. Seit Herr Grevenbroich mit Tessa zusammen war, hatte sich

in Maries Leben einiges geändert. Früher hatte sie ihren Vater ganz für sich allein gehabt, nun musste sie ihn mit Tessa und Lina teilen. Das fiel ihr nicht leicht, zumal sie und ihr Vater sich durch den frühen Tod von Maries Mutter sehr nahestanden.
Vor einer Weile hatte die Patchworkfamilie eine alte, schlossähnliche Villa im Ostviertel bezogen. Marie bewohnte ein wunderschönes, geräumiges Erkerzimmer mit Balkon, in dem sie sich rundum wohlfühlte. Mit Tessa verstand sie sich inzwischen ganz gut. Wenn nur Lina nicht gewesen wäre! Ihre jüngere Stiefschwester konnte manchmal furchtbar nerven …
Tessa seufzte. »Wie ärgerlich, dass wir ausgerechnet heute die Handwerker im Haus haben. Ich wollte mich eigentlich noch ein bisschen hinlegen. Ich bin schrecklich müde.« Sie strich über den Bauch, der sich sanft unter ihrem weiten Shirt wölbte. Tessa war schwanger und würde im Herbst ein Baby bekommen. Marie wusste noch nicht so richtig, was sie davon halten sollte. Einerseits freute sie sich auf das neue Geschwisterchen, andererseits würde ihr Vater dann bestimmt noch weniger Zeit für sie haben …
»Mach dir keine Sorgen, Liebling, ich kümmere mich um alles.« Herr Grevenbroich legte seiner Lebensgefährtin liebevoll den Arm um die Schulter und führte sie zum Schlafzimmer. »Ruh dich aus, du solltest dich in deinem Zustand auf keinen Fall überanstrengen.«
»Ich bin wirklich froh, dass wir diese Woche drehfrei haben. Ich könnte den ganzen Tag schlafen«, hörte Marie Tessa sagen, bevor sie im Schlafzimmer verschwand.
Tessa und Herr Grevenbroich arbeiteten in der Filmbranche.

Tessa war Kamerafrau und Maries Vater ein angesehener Schauspieler. Er war einem breiten Fernsehpublikum durch seine Rolle als Kommissar Brockmeier in der Vorabendserie *Vorstadtwache* bekannt geworden, spielte aber auch in anderen Fernsehfilmen mit. Durch seinen Job war er viel unterwegs, doch seit Tessa schwanger war, versuchte er häufiger zu Hause zu sein oder zumindest in der Stadt zu drehen.
Herr Grevenbroich schloss leise die Schlafzimmertür. »Ich rufe jetzt den Klempner an. Ihr wischt bitte das Wasser im Bad auf.« Eilig lief er ins Erdgeschoss.
»Also, ich muss mich erst mal umziehen«, erklärte Lina. »Sonst erkälte ich mich. Das Aufwischen schaffst du doch auch alleine, oder?« Sie huschte an Marie vorbei in ihr Zimmer.
Marie starrte sprachlos auf die nasse Spur, die Lina auf dem glänzenden Parkett hinterlassen hatte. Wie dreist war das denn? Erst wollte sie hinter ihrer Stiefschwester herstürmen und sie zur Rede stellen, aber dann zuckte sie nur mit den Schultern. Für einen weiteren Streit mit Lina war sie heute nicht in der richtigen Stimmung. Außerdem wollte sie so schnell wie möglich zurück zu ihrem *Chai Latte*, den Nussplätzchen und den Urlaubsfotos. Seufzend machte sich Marie auf den Weg nach unten, um den Wischmopp zu holen.

Zwei Tage später saß Marie im Lotussitz auf ihrer Yogamatte. Ihr Rücken war gerade, ihre Augen geschlossen. Sie versuchte ihren Kopf zu leeren und eins mit dem kosmischen Bewusstsein zu werden. Allmählich kam ihr Geist zur Ruhe. Sie spürte, wie sich eine angenehme Leere in ihr ausbreitete …

KLONG! KLONG! KLONG!

Laute Hammerschläge rissen Marie aus ihrer Meditation. Seufzend öffnete sie die Augen und starrte auf die Zimmerwand, hinter der die Handwerker nun schon seit zwei Tagen arbeiteten. Leider hatte sich Herrn Grevenbroichs Hoffnung auf eine zügige Behebung des Schadens nicht bestätigt. Den Wasserhahn hatte der Klempner vorgestern zwar schnell ausgetauscht, dabei jedoch Lochfraß an einem Wasserrohr festgestellt. Nun musste das Rohr ausgetauscht werden und so lange konnte Marie ihr Bad nicht benutzen. Als wäre das nicht schon ärgerlich genug, machten die Handwerker auch noch furchtbaren Krach, der im ganzen Haus zu hören war.

Die Hammerschläge verstummten, dafür setzte das Kreischen einer Bohrmaschine ein. Marie verzog das Gesicht. Sie überlegte gerade, ob sie ihre Meditation mit Ohrstöpseln fortsetzen sollte, da klingelte es dreimal hintereinander an der Haustür. Auch das noch! Leise vor sich hin schimpfend erhob sich Marie von ihrer Yogamatte und lief nach unten. Wahrscheinlich war das schon wieder so ein nerviger Handwerker. Aber musste der gleich Sturm klingeln? Ärgerlich riss Marie die Haustür auf.

»Überraschung!«, schallte es ihr entgegen.

Marie sah in die strahlenden Gesichter von Kim und Franzi.

»Was macht ihr denn hier?«, fragte sie verdutzt.

»Da staunst du, was?« Franzi kicherte gut gelaunt.

»Wir wollten dich mit einem spontanen Besuch überraschen«, fügte Kim erklärend hinzu. Sie hielt einen großen Korb hoch. »Es gibt selbst gemachte Cake-Pops. Wir stören doch nicht, oder?«

»Quatsch!« Marie machte einen Schritt zur Seite, um ihre Freundinnen hereinzulassen. »Meine Meditation kann ich bei dem Lärm sowieso vergessen.«
»Wie lange brauchen die Handwerker denn noch?«, erkundigte sich Franzi auf dem Weg nach oben.
Marie zuckte mit den Schultern. »Keine Ahnung. Tessa ist auch schon völlig genervt. Sie hat diese Woche drehfrei und wollte sich eigentlich ausruhen, aber daraus wird wohl nichts.«
In ihrem Zimmer rollte Marie die Yogamatte zusammen und verteilte ein paar Kissen auf dem flauschigen, türkisfarbenen Teppich. Ihre Freundinnen ließen sich auf dem Boden nieder und Kim packte vorsichtig die Cake-Pops aus. Die Mini-Kuchen am Stiel hatten unterschiedliche Formen und Farben und sahen sehr verlockend aus.
»Möchtet ihr Yogi-Tee zum Kuchen?«, fragte Marie. »Ich hab gerade welchen gekocht.« Sie holte drei zierliche Porzellantassen aus dem Schrank und schenkte den Tee ein, der in einer Warmhaltekanne auf dem Schreibtisch stand. Schnell zündete sie noch die beiden Kerzen auf der Fensterbank an und ließ sich mit einem zufriedenen Seufzer auf ein großes Kissen plumpsen.
»Lasst es euch schmecken!« Kim reichte den Teller mit den Cake-Pops herum.
Marie nahm sich einen mit Puderzucker bestäubten Mini-Gugelhupf und biss hinein. »Hm, superlecker!«, nuschelte sie.
»Danke!« Kim freute sich sichtlich über das Lob. »Ich hab mir ein paar Rezepte aus dem Internet ausgedruckt und einfach losgelegt. Hat richtig Spaß gemacht!«

Während Marie an ihrem Gugelhupf knabberte, hob sich ihre Stimmung beträchtlich. Die Handwerker schienen gerade Pause zu machen, denn es hatte sich eine himmlische Stille über die Villa gelegt. »Was macht die Liebe, Mädels?«, erkundigte sich Marie gut gelaunt.
Franzi verzog das Gesicht. »Können wir nicht über etwas anderes reden?«
»Wieso?« Kim lutschte hingebungsvoll an einem Mini-Kuchen mit bunten Streuseln. »Hast du Stress mit Felipe?«
Franzi war seit einiger Zeit mit dem temperamentvollen Felipe zusammen, einem Halbmexikaner, der mit seiner Mutter Juana im Freizeitpark *Sugarland* bei Billershausen lebte. Da auch Franzi ziemlich aufbrausend sein konnte, krachte es in regelmäßigen Abständen heftig zwischen den beiden. Bisher hatten sie sich aber jedes Mal wieder versöhnt.
Franzi seufzte. »Irgendwie ist bei uns der Wurm drin, seit wir aus Spanien zurück sind. Felipe ist manchmal so merkwürdig wortkarg und abwesend. Als ich ihn vor einer Weile nach seiner Schulzeit in Mexiko gefragt habe, hat er total einsilbig geantwortet. Ob er immer noch sauer auf mich ist, weil ich ihm nicht vertraut habe?«
Franzi und Felipe hatten in Spanien eine heftige Krise gehabt, weil Franzi eifersüchtig auf eine alte Schulfreundin von Felipe gewesen war, die sie gemeinsam in Madrid besucht hatten. Zum Glück hatten sie sich am Ende des Urlaubs wieder vertragen.
»Unsinn!« Marie schüttelte heftig den Kopf. »Das ist doch Schnee von gestern. Vielleicht hatte er einfach einen schlechten Tag.«

»Oder er war gestresst von der Arbeit im Restaurant«, sagte Kim. Felipe half häufig im Restaurant seiner Mutter aus. Darum konnten er und Franzi sich auch nicht so oft sehen, wie sie es gerne gewollt hätten.
»Es gibt tausend Gründe für sein Verhalten.« Marie lächelte Franzi beruhigend zu. »Mach dir nicht so viele Gedanken.«
Franzi seufzte. »Das sagt sich so leicht …« Sie trank einen Schluck Yogi-Tee, bevor sie das Thema wechselte. »Wann zieht Holger denn nun endlich ins Ostviertel?«
»Am Samstag!« Marie strahlte. »Seine Mutter tritt nächste Woche ihre Stelle als Haushälterin an. Und stellt euch vor: Die Familie, bei der sie arbeiten wird, wohnt in einer großen Villa nur zwei Straßen von uns entfernt! Holger, seine Geschwister und seine Mutter ziehen in das ehemalige Dienstbotenhaus.«
»Das ist ja toll!«, rief Kim begeistert. »Dann kannst du Holger treffen, wann immer du möchtest.«
Marie nickte versonnen und versuchte das Hämmern zu ignorieren, das nebenan wieder eingesetzt hatte. Wer hätte gedacht, dass Holger und sie sich noch einmal so nahekommen würden? Räumlich gesehen zumindest. Holger wohnte wie Felipe in Billershausen. Als Marie und Holger vor langer Zeit ein Paar gewesen waren, hatte sie sehr unter der Entfernung gelitten, an der ihre Beziehung letztendlich auch gescheitert war. Jetzt waren sie nur noch gute Freunde. Oder? Manchmal war Marie sich da selbst nicht so sicher …
»Wie fühlst du dich bei dem Gedanken, dass Holger bald direkt um die Ecke wohnt?«, wollte Franzi wissen. »Das muss doch ziemlich ungewohnt sein.«

Ehe Marie antworten konnte, gab es einen lauten Knall. Steine brachen aus der Zimmerwand, Staub wirbelte auf und Putz rieselte von der Decke. Kim verschluckte sich vor Schreck an ihrem Cake-Pop und Franzi schrie auf. Marie war wie erstarrt. Was hatte das zu bedeuten? Stürzte die alte Villa etwa ein?

Ein rätselhafter Fund

Zum Glück war die Villa stabil gebaut. Sie hatte in ihrer über hundertjährigen Geschichte schon ganz andere Katastrophen überstanden. Als sich der Staub legte, stand sie noch genauso fest auf ihrem Fundament wie vorher. Doch in Maries Zimmerwand prangte ein Loch, direkt über der Fußleiste. Ein schmutziges Gesicht schaute hindurch. Der Klempnerlehrling!

»'tschuldigung«, nuschelte er. »Hab ich euch erschreckt?«

Marie gewann ihre Fassung als Erste wieder. »Mitnichten«, behauptete sie würdevoll und wischte sich den Staub aus dem Gesicht. »Wir sind Detektivinnen und lassen uns nicht so leicht erschrecken.«

Jetzt tauchte der Chef in Maries Zimmertür auf. »Tut mir leid, aber wir müssen jetzt hier weiterarbeiten. Die defekte Wasserleitung läuft leider durch dein Zimmer.«

Marie stöhnte. »Das darf doch nicht wahr sein! Haben Sie das mit meinem Vater abgesprochen?«

»Unsere Anweisung lautet, die defekte Leitung auszutauschen«, erklärte der Klempner nun ebenfalls leicht genervt. »Und genau das tun wir.«

»Komm, wir helfen dir schnell beim Aufräumen«, bot Kim an und erhob sich. Auch Franzi stand auf. Eilig räumten sie die Kissen in den Schrank und das Geschirr auf ein Tablett. Marie rollte den flauschigen Teppich zusammen und schob ihn unter das Schlafsofa. Dann sah sie sich noch einmal in ihrem gemütlichen Zimmer um, aus dem sie nun vertrieben werden sollte.

»Keine Sorge, wir kleben alles ab«, beruhigte sie der Handwerker. »In ein paar Tagen ist der Spuk vorbei.« Er verschwand wieder ins Badezimmer.
»Hoffentlich!«, murmelte Marie. »Dann werde ich wohl so lange im Gästezimmer schlafen müssen.« Sie wollte nach dem Tablett mit dem Geschirr greifen, da stieß Franzi einen leisen Pfiff aus.
»Seht euch das an!« Sie begutachtete gerade das Loch in der Wand. »Hier sind lauter alte Tapetenschichten.«
»Ehrlich?« Marie ließ das Tablett stehen und kniete sich vor das Loch. »Tatsächlich!« Sie zog ein Stück ihrer cremefarbenen Raufasertapete zur Seite. Dahinter kamen mehrere ältere Tapetenschichten zum Vorschein.
»Das sieht ja witzig aus!« Kim zeigte auf ein Stück Tapete, das früher einmal blau gewesen sein musste. Die Farbe war stark verblichen, aber das verschlungene Muster aus verschiedenfarbigen Blümchen war noch gut zu erkennen.
Franzi kicherte. »Das Muster ist so alt, dass es fast schon wieder cool ist.« Plötzlich stutze sie. »Nanu, hier steckt was!« Franzi zerrte an der Tapete, bis sie nachgab und sich noch weiter von der Wand löste. Triumphierend zog sie ein gefaltetes Papier zwischen zwei alten Tapetenschichten hervor.
Marie runzelte die Stirn. »Was ist das?«
Franzi zuckte mit den Schultern. »Keine Ahnung. Ein Liebesbrief vielleicht?« Sie kicherte nervös.
»Zeig mal her.« Marie griff nach dem Blatt, doch bevor sie es näher begutachten kommt, kam der Klempner mit seinem Lehrling herein. Schnell ließ Marie das Papier in ihrer Hosentasche verschwinden. »Wir sind schon weg«, versicherte sie

überfreundlich und beeilte sich mit dem Tee-Tablett das Zimmer zu verlassen.
Kurze Zeit später saßen die drei !!! im Wintergarten auf dem gemütlichen Lounge-Sofa und untersuchten den geheimnisvollen Fund. Marie hatte das Papierstück für alle gut sichtbar auf dem Glastisch ausgebreitet.
»Also, ein Liebesbrief ist das nicht«, stellte sie fest.
»Nein«, bestätigte Kim. »Sieht eher aus … wie eine Karte!«
»Eine Schatzkarte?«, fragte Franzi aufgeregt.
»Schwer zu sagen …« Marie fuhr nachdenklich mit dem Finger die Linien nach, die das Papier überzogen. Es waren auch verblichene Kreise und ein großes Quadrat zu erkennen.
Kim beugte sich über das Blatt. »Schade, dass ich meine Lupe nicht dabeihabe«, ärgerte sie sich. »Die Karte muss auf jeden Fall ziemlich alt sein, sonst hätte sie nicht unter einer der hinteren Tapetenschichten gesteckt.« Sie drehte die Seite um. Auf der Rückseite befanden sich handschriftliche Notizen. Kim runzelte die Stirn. »Könnt ihr das lesen?«
Marie schüttelte den Kopf. »Sieht aus wie eine Geheimschrift.«
»Eins ist jedenfalls klar.« Kim richtete sich auf. »Die Karte ist unvollständig!« Sie zeigte auf die Wörter, die am Seitenrand plötzlich abbrachen. »Jemand hat den anderen Teil der Karte abgeschnitten.«
»Aber warum?«, fragte Franzi.
»Keine Ahnung!« Kim fuhr sich ratlos durch ihre kurzen, dunklen Haare. Plötzlich breitete sich ein Lächeln auf ihrem Gesicht aus. »Wisst ihr, was das heißt? Wir haben endlich einen neuen Fall!«

»Das Geheimnis der alten Villa«, sagte Franzi mit düsterer Stimme. »Wir werden es lösen, so wahr wir die drei !!! sind.«
»Und dafür brauchen wir jede Menge Power.« Kim streckte den rechten Arm aus.
Marie und Franzi machten es ihr nach und alle drei legten die Hände übereinander.
»Die drei !!!«, sprachen Kim, Franzi und Marie feierlich im Chor.
Kim sagte »Eins«, Marie »Zwei« und Franzi »Drei«.
Zum Schluss rissen sie gleichzeitig die Hände in die Luft und riefen: »Power!!!«
Marie war dieses Ritual mittlerweile in Fleisch und Blut übergegangen. Die drei !!! benutzten es immer, wenn sie viel Energie brauchten, zum Beispiel zu Beginn neuer Ermittlungen.
»Was macht ihr da?« Lina hatte den Wintergarten betreten und musterte die drei !!! neugierig.
»Nichts«, behauptete Marie schnell.
Aber Lina ließ sich nicht beirren. »Habt ihr einen neuen Fall? Worum geht es denn diesmal?«
»Das geht dich gar nichts an«, sagte Marie. »Lass uns ins Ruhe, wir haben zu tun.«
»Was ist das?« Lina kam neugierig näher und betrachtete äußerst interessiert die Karte auf dem Glastisch.
Marie faltete das Papierstück rasch zusammen. »Zum letzten Mal: Verzieh dich! Dies ist eine geheime Clubsitzung, auf der du nichts zu suchen hast, kapiert?«
Lina machte ein beleidigtes Gesicht. »Schrei mich nicht so an! Der Wintergarten ist für alle da. Wenn ihr geheime Sitzungen abhalten wollt, könnt ihr ja in dein Zimmer gehen.«

Marie musste sich zusammenreißen, um Lina nicht an die Gurgel zu gehen. »Nein, das können wir nicht«, zischte sie mühsam beherrscht. »In meinem Zimmer arbeiten die Handwerker. Und das ist ganz allein *deine* Schuld!«
»Meine Schuld?« Lina riss die Augen auf. »Was kann ich denn für den Lochfraß?« Ihre Miene war die eines Unschuldsengels. Sie schlenderte noch einmal betont langsam durch den Wintergarten, bevor sie endlich das Feld räumte.
Marie seufzte. »Manchmal frage ich mich, ob es wirklich so toll sein wird, *zwei* jüngere Geschwister zu haben. Eigentlich ist Lina alleine schon nervig genug …«
»Wisst ihr schon, was es wird?«, erkundigte sich Kim. »Junge oder Mädchen?«
Marie zuckte mit den Schultern. »Bei der letzten Ultraschalluntersuchung konnte die Ärztin das Geschlecht nicht erkennen. Hauptsache, es wird nicht so eine Zicke wie Lina!«
»Bestimmt nicht.« Franzi zog die Gummis an ihren roten Zöpfen fest. »Eigentlich finde ich es ganz sympathisch, dass sich das Baby nicht in die Karten gucken lässt. Es scheint seinen eigenen Kopf zu haben. Vielleicht wird es ja ein frecher kleiner Junge, mit dem du auf Bäume klettern und im Garten herumtoben kannst.«
»Au ja!« Marie grinste. »Dann zeige ich ihm all unsere Detektivtricks und wir verbünden uns gegen Lina.«
Kim lachte. »Die arme Lina wird keine Chance gegen euch haben.« Sie wurde wieder ernst. »Aber wie machen wir jetzt mit unserem Fall weiter?«
Marie überlegte kurz. »Am besten warten wir, bis die Handwerker weg sind, und suchen in meinem Zimmer nach der

restlichen Karte. Vielleicht ist sie ja auch hinter der Tapete versteckt.«
»Gute Idee.« Kim nickte. »Erst wenn die Karte vollständig ist, können wir herausfinden, welchen Zweck sie erfüllt.«

Eine halbe Stunde später war es so weit: Die Klempner packten ihre Sachen zusammen, polterten die Treppe hinunter und verschwanden in den Feierabend.
»Auf geht's!« Marie sauste als Erste die Treppe hinauf und stürmte in ihr Zimmer. Sie blieb wie angewurzelt stehen. »Was ist denn hier passiert?«
Der Parkettboden war auf einer Seite des Zimmers ungefähr dreißig Zentimeter breit geöffnet worden. Die Handwerker hatten den Estrich entfernt und das defekte Wasserrohr freigelegt. Marie strich mit dem Zeigefinger über ihren Schreibtisch. Er war von einer dicken Staubschicht bedeckt, genauso wie die Fensterbänke und der Fußboden. Wenigstens den großen Kleiderschrank und das Schlafsofa hatten die Klempner mit mehreren Planen abgedeckt.
»Tja, sieht ganz so aus, als wäre hier bald ein Großputz fällig«, stellte Franzi fest.
»Allerdings.« Marie seufzte. »Was für ein Chaos!« Sie kniete sich vor das Loch in der Wand und versuchte die alten Tapetenschichten weiter abzulösen. Fieberhaft fahndeten die Detektivinnen nach weiteren versteckten Dokumenten. Leider erfolglos. Auch hinter der Fußbodenleiste fanden sie nichts.
»Mist!« Franzi wischte sich frustriert die schmutzigen Hände an ihrer Jeans ab. »Das bringt nichts. Die zweite Hälfte der Karte ist nicht hier.«

»Oder sie wurde so gut versteckt, dass wir sie nicht finden können«, sagte Marie.

»Jedenfalls stecken wir mit unseren Ermittlungen vorläufig fest.« Kim seufzte. »Was sollen wir denn jetzt machen?«

Ehe jemand antworten konnte, klopfte es an der Tür. Herr Grevenbroich und Tessa betraten das Zimmer.

»Hallo, alle zusammen!«, begrüßte Helmut Grevenbroich die Mädchen.

»Keine Sorge, wir stören nicht lange«, sagte Tessa. »Wir wollen nur einen kurzen Blick auf die Baustelle werfen.« Sie hielt ein riesiges Sandwich in der Hand, das dick mit Käse, Wurst, Thunfisch und Gurken belegt war. Hungrig biss sie hinein.

Marie runzelte die Stirn. »Du hast doch nicht etwa die Gurke aus dem obersten Kühlschrankfach genommen, oder?«, fragte sie Tessa. »Die hatte ich extra für meine wöchentliche Gesichtsmaske gekauft!«

Tessa machte ein schuldbewusstes Gesicht. »Tut mir leid«, nuschelte sie verlegen. »Das ist mir wirklich total peinlich, aber ich hatte plötzlich riesigen Appetit auf ein Sandwich mit Gurken. Ich besorg dir morgen auf dem Markt eine neue Gurke, okay?«

Helmut Grevenbroich zwinkerte den Mädchen zu. »Gegen diese plötzlichen Fressattacken in der Schwangerschaft ist nun mal kein Kraut gewachsen.« Er untersuchte das Loch in der Wand und runzelte ärgerlich die Stirn. »So ein Pfusch! Der Maler hätte die alten Tapeten abkratzen müssen, als er vor unserem Einzug alles neu tapeziert hat. Jetzt weiß ich auch, warum er so schnell fertig war ...«

»Reg dich nicht auf, Helmut«, sagte Tessa mit vollem Mund.

Kichernd fügte sie hinzu: »Gut, dass Frau Metzler die durchlöcherte Wand nicht sehen kann! Die alte Dame würde vor Schreck bestimmt einen Herzinfarkt bekommen.« Sie biss noch einmal von ihrem Sandwich ab und kaute genüsslich, während sie den Mädchen fröhlich zuwinkte. »Viel Spaß noch, ihr drei!« Beschwingt verließ sie hinter Maries Vater das Zimmer.

Marie sah ihr kopfschüttelnd nach. »Das kapier ich nicht! Die ganze Zeit regt sich Tessa über das Baustellen-Chaos auf und jetzt lacht sie darüber!«

Franzi nickte wissend. »Stimmungsschwankungen sind typisch für Schwangere.«

Marie stöhnte. »Na toll! Das kann ja noch lustig werden …«

»Wer ist denn diese Frau Metzler, von der Tessa gesprochen hat?«, erkundigte sich Kim.

»Hildegard Metzler ist die ehemalige Besitzerin der Villa«, erklärte Marie. »Sie lebt jetzt in einem Altenheim, soviel ich weiß.«

Kim dachte einen Moment nach, dann begann sie zu strahlen und verkündete: »Jetzt weiß ich, wie der nächste Ermittlungsschritt aussehen muss! Wir fahren zu dieser Hildegard Metzler und horchen sie ein bisschen aus. Als Vorbesitzerin der Villa könnte sie durchaus wissen, wie die Karte hinter die Tapete gekommen ist.«

Marie nickte langsam. Das klang logisch. »Ich recherchiere die Adresse des Altenheims und informiere euch per SMS«, bot sie an. »Morgen Nachmittag treffen wir uns dort zur Zeugenbefragung.«

Damit waren alle einverstanden.

Nachdem sie ihre Freundinnen zur Tür gebracht hatte, kehrte Marie fröhlich pfeifend in den ersten Stock zurück. Das Chaos in ihrem Zimmer machte ihr plötzlich gar nicht mehr so viel aus. In diesem Moment zählte nur eins: Die drei !!! hatten endlich einen neuen Fall!

Flirten auf Französisch

Marie zog die schwere Haustür ins Schloss, sprang die Steinstufen hinunter und überquerte im Eilschritt den gekiesten, kreisrunden Vorplatz. Sie war mal wieder spät dran. Um drei Uhr war sie mit Kim und Franzi vor dem *Seniorenstift Waldesruh* verabredet, das würde knapp werden. Natürlich war es nicht ihre Schuld: Lina hatte stundenlang das Familienbad blockiert, um mit ihrer Freundin Clara neue Frisuren auszuprobieren, so dass Marie mit ihrem Styling nicht rechtzeitig fertig geworden war. Sie seufzte. Sie würde drei Kreuze machen, wenn sie endlich wieder ihr eigenes Badezimmer hatte.

Im Vorbeigehen warf Marie einen schnellen Blick zu dem alten Springbrunnen hinüber, der vor der Villa vor sich hin zu träumen schien. Früher war er die Zierde des Vorplatzes gewesen, heute war er statt mit Wasser mit altem Laub gefüllt und wirkte mit seiner abgeblätterten Farbe und der moosbesetzten Brunnenfigur völlig deplatziert in dem gepflegten Ambiente. Maries Vater und Tessa, sonst immer ein Herz und eine Seele, hatten sich bisher noch nicht einigen können, was mit dem guten Stück passieren sollte. Herr Grevenbroich wollte Koi-Karpfen darin halten, Tessa ein Blumen- oder Kräuterbeet anlegen. Darum war vorerst gar nichts geschehen und der Brunnen moderte weiter vor sich hin.

Marie verließ das Grundstück und eilte mit wehenden Haaren in Richtung Bushaltestelle. Doch als sie um die Ecke bog,

sah sie nur noch die Rücklichter des Busses, die höhnisch aufzublitzen schienen.
»Verflixter Mist!«, fluchte Marie. Sie studierte den Fahrplan. Der nächste Bus fuhr erst in fünfzehn Minuten. Jetzt würde sie es auf keinen Fall pünktlich schaffen. Marie seufzte und schrieb eine schnelle SMS an Kim und Franzi. Aber ihre Freundinnen würden garantiert trotzdem genervt sein. Sie hassten es, auf Marie zu warten.
Da fiel Maries Blick auf den kleinen Laden, der direkt gegenüber der Bushaltestelle lag. Die *Chocolaterie* gehörte zu Maries Lieblingsadressen im Ostviertel. Hier gab es leckeren französischen Kakao, Pralinen, Schokolade und die besten *Pains au Chocolat* der ganzen Stadt. Sie wurden nach französischem Originalrezept hergestellt und schmeckten einfach köstlich. Marie beschloss die Wartezeit sinnvoll zu nutzen und drei *Pains au Chocolat* zu kaufen. Vielleicht ließen sich Kim und Franzi ja damit besänftigen, falls sie wirklich sauer wegen Maries klitzekleiner Verspätung sein sollten.
Beschwingt überquerte Marie die Straße und betrat die *Chocolaterie* mit einem fröhlichen *»Bonjour!«*. Die Ladenbesitzerin, eine junge Französin, lächelte freundlich und fragte nach Maries Wünschen. Marie lief das Wasser im Mund zusammen, als sie all die leckeren Schokoladen-Spezialitäten in der Vitrine betrachtete. Die frisch hergestellten Pralinen sahen ebenso köstlich aus wie der saftige Schokoladenkuchen. Marie gab ihre Bestellung auf, nahm die Tüte mit den *Pains au Chocolat* in Empfang und bezahlte. Eilig steuerte sie auf den Ausgang zu, bevor sie doch noch schwach wurde und die ganze Vitrine leer kaufte. Während sie in ihrer Umhängeta-

sche nach der Sonnenbrille kramte, stieß sie prompt in der Tür mit jemandem zusammen. Die Tüte mit den *Pains au Chocolat* fiel ihr aus der Hand und landete auf dem Boden. »Mist!«, schimpfte Marie. »Können Sie nicht aufpassen?«
Ärgerlich richtete sie den Blick auf ihr Gegenüber – und schmolz dahin. Marie sah in die schönsten kaffeebraunen Augen, die ihr je untergekommen waren. Und der Rest war auch nicht zu verachten, wie sie bei näherer Betrachtung feststellte. Vor ihr stand ein ausgesprochen gut aussehender Typ mit schwarzen Wuschelhaaren und einem umwerfenden Lächeln. Er war ein paar Jahre älter als Marie und fuhr sich verlegen mit der Hand über seinen Dreitagebart.
»Excuse-moi«, entschuldigte er sich in perfektem Französisch. »Das wollte ich nicht. Hast du dir wehgetan? Ich bin aber auch wirklich ein … wie sagt man … ein Trempel?«
Marie musste lachen. »Nein, ein Trampel.«
Der Junge nickte. *»Oui, c'est ça!«* Er wirkte so zerknirscht, dass Marie ihm unmöglich länger böse sein konnte. Außerdem war sein französischer Akzent einfach zu süß! Jetzt bückte er sich und hob die Tüte auf, um sie Marie mit einer galanten Verbeugung zu überreichen.
»Vielen Dank.« Marie fuhr sich durch ihre frisch geföhnten Haare. »Arbeitest du hier in der *Chocolaterie*?«
»Non, non!« Der Junge schüttelte den Kopf. »Ich wollte nur einen *Café au Lait* trinken. Ich bin aus Paris und für ein paar Tage in der Stadt. Auf der Durchreise sozusagen.«
»Tatsächlich?« Marie legte den Kopf schief. »Wo willst du denn hin?«
Der Junge zuckte mit den Schultern. »Das weiß ich noch

nicht genau. London, Prag, Florenz ... *L'Europe* ist groß und ich will möglichst viel davon sehen, bevor ich im Herbst mit dem Studium anfange.«

»Du machst also eine Europa-Rundreise – cool!« Marie seufzte sehnsüchtig. »Das würde ich auch gerne, wenn ich mit der Schule fertig bin.«

»Pourquoi pas?« Der Junge lächelte. »Ich heiße übrigens Antoine.«

»Und ich bin Marie«, murmelte Marie. Plötzlich schien die Zeit stillzustehen. Sie versank in Antoines braunen Augen und in seinem leicht melancholischen Lächeln.

»Darf ich dich auf eine heiße Schokolade einladen, Marie?«, fragte Antoine. »Als *excuse* für den kleinen Unfall.«

Marie blinzelte. »Sehr gerne«, antwortete sie automatisch. Doch in diesem Moment sah sie den Bus um die Ecke biegen. Leider war die Zeit nicht wirklich stehengeblieben. Im Gegenteil, sie war viel zu schnell vergangen. »Sorry, aber ich muss jetzt los«, sagte Marie hastig. »Ein andermal gerne, okay? Bis bald!«

»*Au revoir*, Marie!«, rief Antoine ihr nach, als sie über die Straße eilte.

Im letzten Moment sprang Marie in den Bus. Hinter ihr schlossen sich zischend die Türen. Während sie sich auf einen freien Platz fallen ließ, warf sie einen schnellen Blick zu Antoine hinüber, der etwas verloren vor der *Chocolaterie* stand und dem Bus hinterhersah. Marie seufzte. Wie gerne hätte sie seine Einladung angenommen und noch ein wenig geplaudert!

»Hoffentlich wissen Kim und Franzi zu schätzen, welche Opfer ich für den Detektivclub bringe«, murmelte Marie. Dann lehnte sie sich zurück und schloss die Augen, um in aller Ruhe von dem charmanten Franzosen zu träumen …

»Na endlich!« Franzi sah Marie mit gerunzelter Stirn entgegen. Kim warf einen Blick auf ihre Armbanduhr. »Marie Grevenbroich, du bist zwanzig Minuten zu spät«, stellte sie fest. »So geht das nicht weiter!«
Marie zuckte entschuldigend mit den Schultern. »Sorry, aber diesmal war es wirklich nicht meine Schuld.« Sie war etwas außer Atem, weil sie den Weg von der Bushaltestelle zum Seniorenstift im Eiltempo zurückgelegt hatte.
Franzi verdrehte die Augen. »Das sagst du immer! Komischerweise schaffen Kim und ich es meistens pünktlich.«
»Lina hat stundenlang das Bad blockiert«, erklärte Marie. »Und dann ist mir auch noch der Bus vor der Nase weggefahren. Aber dafür hab ich euch etwas mitgebracht, als kleine Entschädigung fürs Warten.« Sie schwenkte die Papiertüte. *»Pains au Chocolat!«*
»Hm, lecker!« Kims Augen leuchteten auf. Sie griff als Erste in die Tüte und zog ein großes Schokoladenbrötchen heraus. Auch Franzi bediente sich. »Danke«, sagte sie schon etwas versöhnlicher. Marie grinste in sich hinein. Ihre Taktik schien aufzugehen!
Kurze Zeit später standen die drei !!! einträchtig kauend vor dem großen, schmiedeeisernen Tor des Seniorenstiftes.
»Übrigens hab ich vorhin in der *Chocolaterie* einen total süßen Typen kennengelernt«, erzählte Marie mit vollem Mund. »Er ist Franzose und heißt Antoine.«

Kim und Franzi tauschten einen wissenden Blick.
»Flirtalarm!«, flüsterte Franzi und Kim kicherte.
Marie ließ sich nicht beirren. »Er sieht einfach zum Anbeißen aus!«, schwärmte sie. »Tolle braune Augen, schwarze Wuschelhaare und ein unglaubliches Lächeln.« Sie zögerte kurz. »Er hat so was Melancholisches, das macht ihn irgendwie … geheimnisvoll.«
»Und du willst sein Geheimnis lüften, stimmt's?«, vermutete Franzi.
Marie seufzte. »Das würde ich ja gerne. Leider hab ich vor lauter Hektik vergessen, ihn nach seiner Handynummer zu fragen. Zu dumm!«
»Ich hätte nie gedacht, dass dir solche Anfängerfehler passieren.« Kim nahm einen Bissen von ihrem *Pain au Chocolat.* »Aber mach dir keine Sorgen, wenn das Schicksal es will, werdet ihr euch bestimmt wiedersehen.«
»Hoffentlich!« Maries Stimme klang so sehnsüchtig, dass Kim und Franzi lachen mussten.
Kim hatte als Erste aufgegessen und wischte sich die fettigen Finger an einem Taschentuch ab. »Es wird Zeit, lasst uns reingehen.«
Franzi nickte. »Ich bin gespannt, was uns diese Frau Metzler zu erzählen hat.«
Marie stopfte sich den letzten Rest ihres *Pain au Chocolat* in den Mund. Dann öffnete sie die kleine Pforte, die sich neben dem Tor befand, und betrat den Park.

Reise in die Vergangenheit

»Ganz schön chic«, bemerkte Marie anerkennend.
»Allerdings«, sagte Kim. »Das kann sich bestimmt nicht jeder Rentner leisten.«
Hinter dem Tor erstreckte sich ein weitläufiger Park mit grün schimmernden Rasenflächen, kegelförmig gestutzten Büschen und großen Blumenbeeten, in denen Stiefmütterchen, Primeln und Maiglöckchen wuchsen. Alles sah sehr gepflegt aus, wahrscheinlich waren hier mehrere Gärtner rund um die Uhr beschäftigt. Überall standen Bänke und kleine Sitzgruppen, damit die Senioren auf ihren Spaziergängen Ruhepausen einlegen konnten. Das Stift lag etwas außerhalb der Stadt. Hinter dem hohen Zaun, der den Park begrenzte, begann direkt der Wald.
Die drei !!! liefen über einen gepflasterten Fußweg auf das Haupthaus zu, ein altehrwürdiges Gebäude mit gelb gestrichener Fassade, hohen Fenstern und weißen Fensterläden. Über eine breite Freitreppe gelangten sie in die Eingangshalle. An der Rezeption stand eine junge Frau in dunkelblauem Kostüm und tippte etwas in einen Computer.
»Das ist ja wie in einem Hotel hier«, flüsterte Franzi. »Richtig vornehm!«
»Hoffentlich werden wir überhaupt zu Frau Metzler vorgelassen.« Kim machte ein besorgtes Gesicht. »Wenn nicht, haben wir ein Problem.«
»Lasst mich nur machen.« Marie streckte den Rücken durch und ging zielstrebig auf den Empfangstresen zu. »Guten Tag!«,

sagte sie mit selbstsicherer Stimme. »Mein Name ist Marie Grevenbroich. Wir möchten Hildegard Metzler besuchen. Würden Sie uns bitte anmelden?«
Die Empfangsdame sah auf. Ihr Blick wanderte von Marie zu Kim und Franzi, die sich so unauffällig wie möglich im Hintergrund hielten. »Seid ihr Verwandte von Frau Metzler?«, erkundigte sie sich. Ihr Tonfall war höflich, aber gleichzeitig kühl und unverbindlich.
»Nein«, musste Marie zugeben. »Unsere Bekanntschaft mit Frau Metzler ist eher geschäftlicher Natur.«
Die Frau hinter dem Tresen zog fragend die Augenbrauen hoch. »Geschäftlicher Natur?«
»Mein Vater hat die Villa gekauft, in der Frau Metzler früher gelebt hat«, erklärte Marie. »Und ich habe Hildegard versprochen, sie so bald wie möglich in ihrem neuen Heim zu besuchen.« Marie sah sich mit schwärmerischem Blick um. »Es ist wirklich wunderschön hier! Da bekommt man fast Lust, sofort einzuziehen. So gesehen ist es wirklich bedauerlich, dass ich erst vierzehn bin. Ab welchem Alter nehmen Sie denn neue Bewohner auf?«
Kim und Franzi kicherten und die Empfangsdame warf Marie einen misstrauischen Blick zu. »Es gibt keine Altersbegrenzung. Bei uns wohnen zurzeit neunundachtzig Senioren zwischen sechzig und achtundneunzig Jahren. Unser Stift genießt einen hervorragenden Ruf, darum ist die Warteliste sehr lang.«
»Verstehe.« Marie nickte. »Dann sollte ich mich vielleicht jetzt schon anmelden, damit es auch klappt. Aber vorher würde ich gerne Frau Metzler Hallo sagen.«

»Ich melde euch an.« Die Empfangsdame telefonierte kurz und nickte Marie zu. »Frau Metzler erwartet euch. Ihr Appartement liegt im ersten Stock des Ostflügels.«
»Herzlichen Dank!« Marie schenkte der Angestellten ein strahlendes Lächeln und ging zum Fahrstuhl.
Während sie in den ersten Stock fuhren, musste Franzi immer wieder kichern. »Die arme Frau grübelt jetzt bestimmt den ganzen Tag darüber nach, ob du das mit der Anmeldung ernst gemeint hast.«
Kim grinste. »Marie im Seniorenstift, das kann ich mir lebhaft vorstellen. Du würdest die alten Herrschaften ordentlich aufmischen.«
»Warum nicht?« Marie zupfte ihre Ponysträhnen zurecht. »Aber das hat ja noch ein paar Jährchen Zeit.«
Sie waren im ersten Stock angekommen und stiegen aus dem Fahrstuhl. Von einem langen Flur, der mit rotem Teppich ausgelegt war, gingen mehrere Türen ab. Eine Tür war geöffnet und eine alte Dame mit runzligem Gesicht und weißem, kinnlangem Haar stand auf der Schwelle. Sie sah den drei !!! neugierig entgegen.
»Frau Metzler?« Marie setzte ihr freundlichstes Lächeln auf. »Ich bin Marie Grevenbroich.« Entgegen ihrer Behauptung der Empfangsdame gegenüber hatte sie die ehemalige Villenbesitzerin noch nie gesehen. Den Verkauf hatte der Anwalt ihres Vaters abgewickelt, und als Marie die Villa zum ersten Mal betreten hatte, war Frau Metzler schon nicht mehr dort gewesen.
»Marie Grevenbroich?«, fragte Frau Metzler. »Die Tochter von Helmut Grevenbroich?«

Marie nickte. »Mein Vater hat Ihre Villa gekauft. Das sind meine Freundinnen Kim Jülich und Franziska Winkler. Tut mir leid, dass wir Sie einfach so überfallen. Ich hoffe, wir stören nicht?«

Frau Metzler lachte. »Keineswegs. Wir alten Leute haben nicht mehr viel zu tun, da freut man sich über jede Abwechslung. Kommt herein!« Die alte Dame führte die drei !!! auf einen Stock gestützt durch einen schmalen Flur ins Wohnzimmer. Es war überraschend geräumig, hatte eine hohe Decke mit hübschen Stuckelementen und zwei große Fenster zum Park hinaus. »Setzt euch doch, ich koche uns schnell einen Tee.«

Frau Metzler humpelte in die Küche und die drei !!! nahmen auf einem antiken Sofa Platz. Marie erkannte ein paar der Möbel wieder, die sie bei ihrer ersten Besichtigung in der Villa gesehen hatte. Die schweren Antiquitäten passten gut in den altehrwürdigen Raum.

»Sollten wir uns nicht schnell noch eine Befragungstaktik überlegen?«, zischte Kim.

Marie schüttelte den Kopf. »Wir lassen das Gespräch einfach laufen. Ich glaube nicht, dass Frau Metzler zu den Menschen gehört, denen man jedes Wort aus der Nase ziehen muss.«

Damit sollte Marie Recht behalten. Als die alte Dame kurze Zeit später einen Teewagen ins Wohnzimmer schob, plauderte sie gleich drauflos. »Wie schön endlich mal wieder Gäste zu haben!« Sie strahlte über das ganze Gesicht. »Ich bekomme nicht allzu oft Besuch, müsst ihr wissen. Mein Mann ist schon lange tot und mein einziger Sohn lebt im Ausland.«

Sie verteilte vier Tassen auf dem niedrigen Tisch, stellte eine

Schale mit Gebäck in die Mitte und schenkte dampfenden Tee ein. »Ich habe leider dieses dumme Hüftleiden und brauche zum Laufen einen Stock oder meinen Gehwagen.« Sie seufzte. »Darum komme ich nicht mehr so häufig hinaus. Aus diesem Grund musste ich auch die Villa verkaufen. Das Treppensteigen wurde mir zu anstrengend und ich konnte Haus und Garten nicht mehr in Schuss halten.«

»Es ist Ihnen sicher nicht leichtgefallen, die Villa zu verlassen, oder?«, warf Marie ein und nippte an ihrem Tee.

»Nein.« Ein Schatten huschte über das Gesicht der alten Dame, während sie in einem großen Ohrensessel Platz nahm. »Hier im Stift gefällt es mir zwar ganz gut, aber ich vermisse die Villa trotzdem manchmal. Schließlich habe ich mein ganzes bisheriges Leben dort verbracht.«

»Tatsächlich?« Kim nahm sich einen Schokoladenkeks aus der Schale. »Heißt das, Sie haben schon als Kind dort gelebt?«

Frau Metzler nickte. »Ja, ich bin in der Villa aufgewachsen. Herrliche Zeiten waren das! Wir hatten jede Menge Platz zum Spielen und ich habe die meiste Zeit im Garten verbracht. Früher gab es dort unzählige alte Kletterbäume. Leider hat mein Vater die meisten später fällen lassen, weil sie zu viel Licht wegnahmen.«

»In welchem Zimmer haben Sie denn als Kind gewohnt?«, erkundigte sich Franzi.

»Im großen Erkerzimmer im ersten Stock«, antwortete Frau Metzler.

Die drei !!! wechselten einen schnellen Blick. Bingo! Franzis Frage war ein Volltreffer gewesen.

»Das ist ja ein witziger Zufall!« Marie stellte ihre Teetasse ab. »Jetzt wohne ich im Erkerzimmer.« Sie beschloss das Gespräch allmählich auf den eigentlichen Grund ihres Besuchs zu lenken. »Momentan wird dort gerade die Wasserleitung ausgetauscht und bei der Gelegenheit haben wir etwas hinter der Tapete gefunden.« Sie zog die Karte hervor. »Kommt Ihnen das bekannt vor?«

Frau Metzler warf einen Blick auf das Papier in Maries Hand und schüttelte ratlos den Kopf. »Nein. Was ist das? Und wie kommt es hinter die Tapete?«

»Wir hatten gehofft, Sie könnten uns das sagen.« Kim beugte sich vor. »Es handelt sich offenbar um die Hälfte einer Karte. Der zweite Teil fehlt leider. Wir sind Detektivinnen und wollen herausfinden, was es mit diesem merkwürdigen Fund auf sich hat.« Sie zückte eine Visitenkarte und reichte sie der alten Dame.

»Detektivinnen!« Frau Metzler setzte ihre Brille auf, um die Visitenkarte gründlich zu studieren. »Wie aufregend! Aber

ich kann euch leider nicht weiterhelfen. Ich habe keine Ahnung, wie dieses Papier hinter die Tapete des Erkerzimmers gelangt ist.«
»Schade«, sagte Marie enttäuscht. »Dann wollen wir Sie nicht länger stören. Vielen Dank für den Tee!«
»Ihr wollt doch nicht etwa schon gehen?« Frau Metzler streckte die Hand aus. »Zeig diese Karte mal her, ich würde sie mir gerne etwas genauer anschauen.«
»Natürlich.« Marie reichte der alten Dame die Karte.
Kaum hatte Frau Metzler einen Blick darauf geworfen, wurde sie blass und schrie auf.
»Was ist los?« Kim machte ein besorgtes Gesicht. »Geht es Ihnen nicht gut?«
Frau Metzler ließ die Karte sinken. »Doch, doch. Aber ich kenne die Schrift auf der Rückseite. Ich kenne sie sogar sehr gut. Es gibt nur einen Menschen, der so unleserlich schreibt: Anton von Stein.«
»Anton von Stein?«, fragte Franzi verblüfft. »Wer ist das denn?«
»Jemand, den ich vor langer, langer Zeit einmal kannte.« Frau Metzler lächelte versonnen. »Man könnte sagen, er war meine Jugendliebe.«
»Tatsächlich?« Marie schluckte aufgeregt. Endlich hatten sie eine Spur! »Erzählen Sie mehr!«
Das ließ sich Frau Metzler nicht zweimal sagen. »Anton und ich sind gemeinsam aufgewachsen. Er wohnte mit seinen Eltern im Nachbarhaus. Heute befindet sich dort eine Frühstückspension.«
Marie nickte. »Stimmt, die *Pension Morgenstund.*«

»Anton und ich waren als Kinder unzertrennlich«, fuhr die alte Dame fort. »Wir haben jeden Tag zusammen gespielt, mal in unserem Garten, mal in seinem. Er war ein paar Jahre älter als ich und ich habe ihn grenzenlos bewundert. Dafür hat er mich vor Gefahren beschützt.« Sie kicherte. »Als ich fünf Jahre alt war, hat er mir den ersten Heiratsantrag gemacht. Und ich habe Ja gesagt!«
»Den *ersten* Heiratsantrag?«, hakte Kim nach. »Heißt das, es hat noch einen gegeben?«
»Allerdings.« Frau Metzler schmunzelte. Die Erinnerungen an ihre Jugendliebe wirkten wie eine Verjüngungskur. Ihre Augen strahlten und ihr Gesicht sah viel lebendiger und frischer aus. »Mit neunzehn habe ich mich Hals über Kopf in Anton verliebt. Und er sich in mich. Es war völlig verrückt: Wir kannten uns schon seit Jahren und waren uns so vertraut. Aber plötzlich war alles neu.« Sie seufzte. »Wir waren so jung damals!«
»Wie ist es weitergegangen?«, wollte Franzi wissen. »Haben Sie Anton geheiratet?«
»Nein.« Die alte Dame machte ein bekümmertes Gesicht. »Unsere Liebesgeschichte hat leider ein trauriges Ende genommen. Als mein Vater erfuhr, dass Anton und ich ein Paar waren, wurde er schrecklich wütend. Er hat mir verboten Anton wiederzusehen.«
»Aber warum?«, fragte Kim bestürzt.
»Mein Vater war sehr streng«, erklärte Frau Metzler. »Er fand mich zu jung für eine Beziehung mit einem Mann. Außerdem hatte er keine gute Meinung von Anton.«
»Wieso denn nicht?«, erkundigte sich Marie. Sie fand die

Geschichte so spannend, dass sie völlig vergaß ihren Tee zu trinken.
Frau Metzler zuckte etwas hilflos mit den Schultern. »Vermutlich, weil damals einige nicht besonders schöne Gerüchte über Anton im Umlauf waren. In der Nachbarschaft wurde gemunkelt, er hätte Kontakte zu kriminellen Kreisen. Angeblich soll er an mehreren Einbrüchen im Viertel beteiligt gewesen sein.«
»Und?« Kim ließ Frau Metzler nicht aus den Augen. »Stimmte das?«
Die alte Dame dachte eine Weile nach, bevor sie antwortete. »Ich weiß es nicht. Wir haben nie über diese Dinge gesprochen. Wenn wir zusammen waren, war es einfach nicht wichtig. Dann ging es nur um uns beide.« Ein glückliches Leuchten glitt über ihr Gesicht. »Anton konnte sehr witzig sein. Und so charmant. Außerdem war er wahnsinnig zärtlich. Wir haben uns stundenlang unter der alten Buche in unserem Garten geküsst …«
Marie unterdrückte ein Lächeln. »Haben Sie sich an die Anweisung Ihres Vaters gehalten? Oder haben Sie sich heimlich weiter mit Anton getroffen?«
Frau Metzler schüttelte den Kopf. »Nein, das wagte ich nicht. Wie gesagt, mein Vater war sehr streng. Wenn er uns erwischt hätte, wäre seine Strafe bestimmt fürchterlich gewesen. Anton hat mich noch einmal vor dem Haus abgepasst, als mein Vater unterwegs war. Er wollte mit mir durchbrennen.«
»Was?« Franzi riss die Augen auf. »Aber das ist doch völlig verrückt!«

»Das habe ich auch gesagt«, erzählte Frau Metzler. »Doch Anton hat mich nur geküsst und mir ins Ohr geflüstert: ›Natürlich bin ich verrückt, verrückt nach dir.‹« Sie lächelte traurig. »Merkwürdig, an diesen Satz erinnere ich mich noch Wort für Wort. Leider war ich zu vernünftig, um heimlich wegzulaufen. Ich habe ihn weggeschickt. Es hat mir das Herz gebrochen. Und ihm auch.«

»Haben Sie sich jemals wiedergesehen?«, wollte Marie wissen.

»Nein.« Frau Metzlers Augen verdunkelten sich. »Kurze Zeit später ist er ins Ausland gegangen und nie zurückgekehrt. Einige Jahre später habe ich meinen zukünftigen Mann kennengelernt. Er war das genaue Gegenteil von Anton: pflichtbewusst, vernünftig und zuverlässig. Vielleicht habe ich mich deshalb in ihn verliebt. Wir haben geheiratet und einen Sohn bekommen.«

»Wissen Sie, was aus Anton von Stein geworden ist?«, fragte Kim.

Frau Metzler schüttelte den Kopf. »Ich habe seit Jahren nicht mehr an ihn gedacht – bis heute.« Sie lächelte den Mädchen zu. »Euer Besuch hat die Vergangenheit wieder lebendig werden lassen und dafür danke ich euch.«

»Keine Ursache.« Marie stand auf. »Und wir bedanken uns für die nette Bewirtung und die tolle Geschichte.«

»Gern geschehen.« Frau Metzler erhob sich und brachte die Mädchen zur Tür. »Sagt mir Bescheid, wenn ihr etwas herausfindet. Und kommt gerne jederzeit wieder.« Sie gab Marie die Karte zurück, die sie immer noch in der Hand hielt. »Übrigens könnte es durchaus sein, dass die Zeichnung auf der Vorderseite den Garten der Villa darstellen soll. Das solltet ihr überprüfen.«

Marie nickte. »Vielen Dank für den Hinweis. Wir melden uns!«

Die drei !!! verabschiedeten sich und verließen den Seniorenstift.

Draußen im Park ließ sich Marie auf die erstbeste Bank fallen. »Puh, die Geschichte muss ich erst mal verdauen!« Sie lehnte sich zurück und streckte die Beine aus.

Franzi nahm neben ihr Platz. »Ja, das war total spannend. Wie in einem Film!«

Kim setzte sich auf Maries andere Seite. »Darüber könnte man glatt einen Roman schreiben«, sagte sie und wickelte sich verträumt eine dunkle Haarsträhne um den Finger.

Marie faltete die Karte auseinander und untersuchte die Zeichnung auf der Vorderseite. »Frau Metzler hat Recht!«, stellte sie verblüfft fest. »Das könnte tatsächlich unser Garten sein! Mit etwas Fantasie zumindest.« Sie tippte auf ein schiefes Viereck in der linken oberen Ecke. »Das wäre dann der alte Gartenpavillon. Von dem existiert allerdings nur noch das Fundament. Hier stehen die alten Buchen und dort das Haus. Der Rest fehlt leider.«

Kim runzelte die Stirn. »Was hat das zu bedeuten?«

»Ich sag's euch, das ist hundertprozentig eine Schatzkarte!« Franzi hatte vor Aufregung rote Wangen. »In Maries Garten ist irgendetwas versteckt!«

»Aber was?«, überlegte Marie laut. »Und vor allem: wo?«

»Genau das müssen wir herausfinden«, verkündete Franzi energisch. »Deshalb berufe ich hiermit ein außerplanmäßiges Clubtreffen ein, um die nächsten Ermittlungsschritte zu besprechen. Wir treffen uns übermorgen um drei im *Café Lomo*, okay?«

Kim nickte. »Geht klar.«

»Ich bin auch dabei«, sagte Marie.

Damit war die Sache beschlossen.

Von dreisten Stiefschwestern und Diamantendieben

Als Marie nach dem Ausflug zum Seniorenstift im Ostviertel aus dem Bus stieg, warf sie einen schnellen Blick zur *Chocolaterie* hinüber. Die Ladenbesitzerin war gerade dabei, die kleinen Bistrotische, an denen man vor dem Laden *Café au Lait* oder *Chocolat chaud* trinken konnte, zur Seite zu räumen und die Stühle aufeinanderzustapeln. Es war bald Feierabend. Antoine war nirgendwo zu sehen. Natürlich nicht. Warum sollte er auch stundenlang hier herumhängen?

Marie seufzte. Warum nur hatte sie den süßen Franzosen nicht nach seiner Handynummer gefragt? Wie hatte sie das bloß vergessen können? Sie hätte ihn wirklich gerne näher kennengelernt, denn seine tollen Augen und sein leicht melancholisches Lächeln gingen ihr einfach nicht aus dem Kopf. Aber die Chancen auf ein Wiedersehen standen ziemlich schlecht. Und daran war niemand anders schuld als sie selbst!

Marie zuckte zusammen, als ihr Handy plötzlich zu klingeln begann. Hastig zog sie es aus der Umhängetasche. Ihr Herz klopfte wie verrückt. Hatte das Schicksal vielleicht schon zugeschlagen? Hatte Antoine ihre Handynummer herausbekommen und rief nun an, um sich mit ihr zu verabreden?

Ohne auf das Display zu schauen, hielt sich Marie das Handy ans Ohr und rief atemlos: *»Bonjour, c'est Marie!«*

Einen Moment herrschte verblüffte Stille, dann schallte Gelächter aus dem Hörer. »Übst du gerade für die nächste Französisch-Stunde oder bin ich falsch verbunden?«

Es war Holger!
»Ach, du bist es«, stellte Marie etwas enttäuscht fest und ging langsam weiter.
»Wen hast du denn erwartet?«
»Äh – niemanden«, behauptete Marie und versuchte das Bild von Antoines kaffeebraunen Augen aus ihrem Kopf zu verscheuchen. »Wie geht's dir? Habt ihr schon alles gepackt?«
Holger stöhnte. »Schön wär's! Mama und ich sind voll im Stress. Morgen um neun kommt der Umzugswagen und hier herrscht totales Chaos. Wir sitzen zwischen halb gepackten Kisten und die Zwillinge hüpfen wie zwei Flummis durchs Haus und sind überall im Weg.«
Marie lachte. »Das kann ich mir lebhaft vorstellen.«
Paul und Maike, Holgers sechsjährige Zwillingsgeschwister, waren sehr lebhaft und stellten für ihr Leben gerne Unsinn an. Frau Kurz, Holgers Mutter, hatte stets alle Hände voll zu tun, um die beiden in Schach zu halten. Der kleine Tante-Emma-Laden, den sie in Billershausen betrieben hatte, war leider vor einer Weile pleitegegangen, so dass sie sich schweren Herzens entschlossen hatte mit ihren Kindern aus Billershausen wegzuziehen. Zum Glück hatte sie bald eine Stelle als Haushälterin im Ostviertel gefunden, die sie nächste Woche antreten würde.
»Ich bin wirklich froh, wenn wir den ganzen Umzugsstress hinter uns haben«, sagte Holger.
»Es wird schon alles klappen.« Marie bog in ihre Straße ein. »Sag mal, wie wär's, wenn ich morgen auf die Zwillinge aufpasse?«
»Das wäre toll!« Holger klang richtig erleichtert. »Dann kön-

nen Mama und ich in Ruhe auspacken, ohne dass uns die kleinen Racker ständig dazwischenfunken.«
»Prima, ich komme um zehn bei euch vorbei«, sagte Marie. »Ist ja nicht weit.«
Holger lachte leise. »Nein, ab morgen bin ich immer ganz in deiner Nähe.«
»Ich freu mich drauf.« Marie lächelte. »Bis morgen!«
Sie steckte das Handy ein und legte beschwingt die letzten Schritte bis zu ihrem Gartentor zurück. Unglaublich, dass Holger demnächst quasi in der Nachbarschaft wohnen würde. Endlich konnten sie sich unkompliziert treffen. Keine umständlichen Busfahrten mehr, keine langen Radtouren, sondern nur ein paar Schritte um zwei Ecken und schon war man da. Besser ging es doch gar nicht, oder?
Während Marie den gekiesten Vorplatz überquerte und die Steinstufen zur Eingangstür hinauflief, überlegte sie, was sie alles mit Holger unternehmen würde. Sie könnten gemeinsam joggen gehen, Radtouren mit dem Mountainbike machen oder im Sommer das Freibad besuchen. Holger war sehr sportlich und liebte Bewegung jeder Art. Auf jeden Fall wollte sie versuchen ihn ein bisschen von dem Kummer um seine Eltern abzulenken. Helga und Bernd Kurz lebten schon seit einer Weile getrennt und würden sich bald scheiden lassen. Holger litt sehr darunter, auch wenn er meistens so tat, als würde ihm das Auseinanderbrechen seiner Familie nichts ausmachen. Marie war fest entschlossen ihm beizustehen und ihn zu unterstützen, so gut sie konnte. Wozu hatte man schließlich Freunde?
Marie betrat die Villa und ging direkt in ihr Zimmer. Die

defekte Wasserleitung war inzwischen ausgetauscht worden, aber der Boden und das Loch in der Wand sollten erst in der kommenden Woche wieder geschlossen werden. So lange würde Marie noch im Gästezimmer schlafen.

Marie wollte gerade nach der neuen *Sweet* greifen, um es sich damit auf dem großen Sofa im Wohnzimmer gemütlich zu machen, als sie plötzlich stutzte. Die Zeitschrift lag nicht mehr auf dem Schreibtisch. Nur eine rechteckige Aussparung in der feinen Staubschicht auf der Tischplatte zeugte davon, dass sie sich noch vor kurzem dort befunden haben musste. Marie runzelte die Stirn. War Lina hier gewesen, um sich mal wieder ungefragt Maries Lieblingszeitschrift auszuleihen? Und hatte sie noch mehr mitgenommen?

Marie sah sich aufmerksam in ihrem Zimmer um. Ihren geschulten Detektivinnen-Augen fielen sofort mehrere Dinge auf. Klitzekleine Veränderungen, die ein normaler Mensch vermutlich gar nicht wahrgenommen hätte. Die Bücher für das Referat, das Marie bald in Geschichte halten musste, lagen nicht mehr ganz so ordentlich auf ihrem Schreibtisch. Ein Bleistift war auf den Boden gefallen. Eine Kerze auf der Fensterbank war um einige Zentimeter verrückt worden. Marie runzelte die Stirn. Oder bildete sie sich das alles nur ein? Immerhin hatte sie es beim Weggehen ziemlich eilig gehabt …

Maries Blick fiel auf die kleine Kommode neben ihrem Schlafsofa. Die oberste Schublade war geschlossen. Jetzt gab es keinen Zweifel mehr: Jemand war in ihrem Zimmer gewesen! Denn die Schublade hatte Marie in der Eile vorhin offen gelassen, nachdem sie in der Kommode nach ihrem Lieblingshalstuch gesucht hatte, das wusste sie ganz genau. Ein mulmiges Gefühl breitete sich in Maries Magen aus. Wer hatte in ihren Sachen gewühlt? Die Handwerker? Aber warum sollten sie? Eigentlich gab es nur eine Person, die so dreist sein konnte …

»LINA!« Marie stürmte über den Flur. Diesmal würde ihre Stiefschwester nicht so glimpflich davonkommen. Sie würde der kleinen Kröte jedes Haar einzeln ausreißen, damit sie sich NIE WIEDER an Maries Sachen vergriff. Leider war Linas Zimmer leer. Nur das Cover der neuen *Sweet* leuchtete Marie von Linas Bett entgegen. Also hatte sie mit ihrem Verdacht goldrichtig gelegen!

»Lina ist nicht da.« Tessa, die gerade an der geöffneten Zimmertür vorbeikam, rieb sich mit beiden Händen das Kreuz. Sie litt in letzter Zeit häufiger unter Rückenschmerzen. »Sie hat eine Probe mit ihrer Theater-AG und kommt erst spät zurück. Im Kühlschrank steht übrigens noch ein Rest Grießbrei, du kannst dich gerne bedienen.«

Marie zog die Augenbrauen hoch. »Grießbrei? Den hatten wir ja ewig nicht mehr.«

Tessa grinste verlegen. »Stimmt, aber ich hatte vorhin so einen Heißhunger auf Grießbrei mit Erdbeeren, dass ich eine riesige Schüssel gekocht habe. Wenn ich weiter so viel futtere, bekommt das Wort Babyspeck bei mir eine völlig neue Bedeutung.« Sie verzog das Gesicht und begann etwas schwerfällig die Treppe hinunterzustapfen.

Marie schnappte sich die Zeitschrift und sah sich mit einem schnellen Blick in Linas Zimmer um. Aber weitere Dinge aus ihrem Besitz konnte sie nicht entdecken.

»Na warte, Lina Beckmann, dir werde ich schon noch die Meinung sagen«, murmelte Marie. Dann verließ sie das Zimmer ihrer Stiefschwester, um das Wochenende mit einer Lesestunde auf dem Sofa einzuläuten.

Detektivtagebuch von Kim Jülich
Samstag, 10:21 Uhr
Juchhu, wir haben einen neuen Fall! Und was für einen! Diesmal geht es um eine geheimnisvolle Schatzkarte, die wir hinter der Tapete von Maries Zimmer gefunden haben. Unsere bisherigen Ermittlungen haben ergeben, dass sie höchstwahrscheinlich von einem gewissen Anton von Stein gezeichnet wurde, der Jugendliebe der ehemaligen Villenbesitzerin Hildegard Metzler. Anton von Stein ist als junger Mann ins Ausland gegangen und nicht wieder in seine Heimat zurückgekehrt.
Gerade habe ich eine kleine Internetrecherche durchgeführt und tatsächlich mehrere alte Zeitungsartikel aus den Sechzigerjahren gefunden, in denen Anton von Steins Name erwähnt wird. Unglaublich, aber wahr: Anton von Stein stand damals vor Gericht! Er war der Hauptangeklagte in einem spektakulären Prozess, über den sämtliche Zeitungen berichtet haben. Er wurde ›die Eidechse‹ genannt und war ein begnadeter Meisterdieb und Fassadenkletterer, der jahrelang den europäischen Jetset an der französischen Riviera beklaut hat. Er soll jede Menge wertvollen Schmuck und Bargeld gestohlen haben, indem er in heißen Sommernächten durch offen stehende Fenster oder Balkontüren in die Villen der Reichen gelangt ist. Während die Hausbesitzer friedlich schliefen, hat er ihre Schmuckschatullen und Geldverstecke ausgeräumt. Auch ein aufsehenerregender Einbruch in

der Ferienvilla eines französischen Diamantenhändlers bei Saint-Tropez wird ihm zugeschrieben. Von Stein hat während des gesamten Prozesses geschwiegen, wurde aufgrund von Indizien aber dennoch zu einer langjährigen Haftstrafe verurteilt. Die Diamanten im Wert von damals mehreren Millionen Francs, die aus der Villa des Diamantenhändlers gestohlen wurden, sind nie wieder aufgetaucht.
Ist das nicht wahnsinnig aufregend? Wir sind einem international tätigen Diamantendieb auf der Spur, der im Ostviertel aufgewachsen ist, direkt neben Maries Villa! Wenn er die Karte hinter der Tapete versteckt hat, könnte sie durchaus etwas mit dem Diamantendiebstahl zu tun haben … Das wäre natürlich der Hammer!
Der Fall nimmt ungeahnte Dimensionen an!

Geheimes Tagebuch von Kim Jülich
Samstag, 10:48 Uhr
Achtung: Lesen verboten! Das gilt besonders für meine Zwillingsbrüder Ben und Lukas, die frechsten Zehnjährigen unter der Sonne. Wenn ihr euch an meinen privaten Aufzeichnungen vergreift, dürft ihr nie wieder von meinen selbst gemachten Cake-Pops naschen!
In Liebesdingen gibt es gerade wenig zu berichten, denn Michi und ich sind nach wie vor superglücklich. Ich habe das Gefühl, unsere Beziehung ist nach der Trennung noch intensiver geworden. Wir wissen jetzt, dass wir ohneeinander nicht leben können, und diese Erkenntnis schweißt uns umso mehr zusammen. Ich trage die silberne Kette wieder, die Michi mir damals zu unserem vierwöchigen Jubiläum geschenkt hat. Auf dem kleinen An-

hänger ist sein Name eingraviert. Die Kette ist für mich das Symbol unserer Liebe. Er hat mir gestanden, dass er den Schlüsselanhänger, den er von mir bekommen hat, auch während der Zeit unserer Trennung nie abgelegt hat. Ist das nicht süß?
Heute Abend wollen wir ins Kino gehen, in diesen romantischen Liebesfilm, der gerade angelaufen ist. Ich freue mich schon total darauf!
Jetzt muss ich aufhören, ich will vor dem Mittagessen unbedingt noch eine kleine Schreibübung machen. Leider habe ich es immer noch nicht geschafft, wieder ernsthaft mit dem Schreiben anzufangen. Es war einfach zu viel los – und der Detektivclub geht nun mal vor! Immerhin hab ich mir ein Buch zu dem Thema gekauft: ›Krimis selber schreiben. Todsichere Tricks‹. Es enthält verschiedene Übungen, die man gut zwischendurch machen kann. Ich hab mir fest vorgenommen sie nach und nach auszuprobieren. Und sobald ich wieder etwas mehr Zeit habe, fange ich mit einer neuen Krimi-Kurzgeschichte an, fest versprochen! Vielleicht werde ich dann ja doch noch die jüngste Krimi-Autorin der Welt ☺!

Clubtreffen im Café Lomo

Als Marie am Sonntagnachmittag das *Lomo* betrat, hatten Franzi und Kim bereits den Lieblingsplatz der Detektivinnen, die gemütliche Sofaecke, besetzt.
»Herzlichen Glückwunsch!«, begrüßte Franzi ihre Freundin. »Du bist heute nur fünf Minuten zu spät. Ich werde mir diesen Tag rot im Kalender anstreichen.«
Marie überhörte die spöttische Bemerkung. Erschöpft ließ sie sich auf einen freien Sessel fallen. »Ich bin total am Ende!«, stöhnte sie.
»Was ist denn los?« Kim winkte der Bedienung. »Hast du dich heute früh beim Joggen verausgabt? Oder haben die Handwerker eine Sonderschicht eingelegt und dich am Sonntagmorgen aus dem Bett geklingelt?«
»Weder noch.« Marie zupfte an ihrem marineblauen Blazer, der ihre blonden Haare gut zur Geltung brachte. »Ich sage nur: Kinder!«
»Hat Lina schon wieder etwas angestellt?«, fragte Franzi.
»Ja, die auch.« Marie verdrehte genervt die Augen. »Sie hat vorgestern in meinem Zimmer herumgewühlt und die neue *Sweet* mitgehen lassen. Aber als ich sie gestern zur Rede gestellt habe, hat sie frech geleugnet. Angeblich hat sie sich die Zeitschrift nur ausgeliehen und ansonsten nichts angerührt.«
Franzi schüttelte den Kopf. »Ganz schön dreist, die Kleine.«
»Vielleicht ist Lina wirklich unschuldig und die Handwerker haben aus Versehen deine Sachen durcheinandergebracht«, überlegte Kim.

»Das glaube ich nicht«, sagte Marie. »Warum sollten sie an meinen Schreibtisch und an meine Kommode gehen? Das ergibt doch keinen Sinn!« Sie winkte ab. »Aber eigentlich wollte ich euch etwas ganz anderes erzählen: Ratet mal, wer mich gestern geschlagene sechs Stunden auf Trab gehalten hat?«
»Der süße Franzose?« Franzi grinste.
»Schön wär's!« Marie seufzte sehnsüchtig. »Nein, es waren Paul und Maike.«
»Holgers Geschwister?«, fragte Kim überrascht.
»Genau.« Marie nickte. »Ich hatte mich unvorsichtigerweise als Babysitter angeboten, um Holger und seine Mutter zu entlasten. Ich sag's euch, das mache ich nie wieder!«
Franzi lachte. »Die beiden sind ziemlich lebhaft, oder?«
»Lebhaft ist gar kein Ausdruck!«, sagte Marie. »Ich hab sie mit zu uns genommen, damit Frau Kurz in Ruhe auspacken kann. Erst mussten wir stundenlang Fangen spielen, dann haben sie sich als Indianer verkleidet und mich Bleichgesicht an den Marterpfahl gebunden und schließlich sollte ich auch noch Regenwürmer essen!«
»Und? Hast du es gemacht?«, fragte Kim.
Marie schüttelte den Kopf. »Natürlich nicht! Ich wollte sie zu einem kleinen Mittagsschlaf überreden, aber sie haben mich nur ausgelacht. Stattdessen haben sie Unmengen von Nudeln mit Tomatensoße verdrückt, nachmittags literweise heißen Kakao mit Sahne getrunken und meinen gesamten Schokoladenvorrat aufgefuttert.«
»Sieh's positiv«, schlug Franzi vor. »Das war eine prima Übung für später, wenn dein Geschwisterchen in dem Alter ist.«

Marie stöhnte. »Hör bloß auf! Daran mag ich gar nicht denken. Sind kleine Kinder eigentlich immer so anstrengend?«
»Oh ja«, antwortete Kim nachdrücklich. »Ben und Lukas waren in dem Alter eine echte Pest. Sie hatten nur Unsinn im Kopf und haben mich glatt an den Rand des Wahnsinns getrieben. Na ja, genau genommen tun sie das heute noch.«
Marie zog eine Grimasse. »Das heißt also, es hört nie auf …«
»Wusste Holger deinen Einsatz wenigstens zu schätzen?«, wollte Franzi wissen.
»Auf jeden Fall.« Marie nickte. »Er und seine Mutter waren mir total dankbar. Sie konnten fast alle Kisten auspacken. Es sieht jetzt schon richtig wohnlich bei ihnen aus.«
»Wie ist ihr neues Haus denn so?«, fragte Kim.
»Total süß«, schwärmte Marie. »Es liegt ganz hinten auf dem Grundstück der Villa, versteckt hinter hohen Büschen, und sieht richtig verwunschen aus. Leider ist es nicht besonders groß und etwas heruntergekommen, aber Holger will es mit der Zeit renovieren.«
»Hast du die Familie schon kennengelernt, für die Holgers Mutter arbeitet?«, wollte Franzi wissen.
Marie schüttelte den Kopf. »Nein, aber Frau Kurz hat erzählt, dass es sich um ein Ehepaar mit einer Tochter in unserem Alter handelt. Die Eltern scheinen viel unterwegs zu sein, sie haben eine große Firma oder so was. Darum wollen sie auch, dass jemand auf dem Grundstück wohnt und sich um das Haus und ihre Tochter kümmert, wenn sie nicht da sind.«
Endlich kam die Bedienung und Marie gab die Bestellung auf: *Kakao Spezial* und Schokomuffins für alle. Als kurze Zeit später der Teller mit den Muffins und drei dampfende

Kakaobecher vor ihnen auf dem Tisch standen, eröffnete Kim die Clubsitzung mit einem Bericht über ihre gestrige Internetrecherche. Franzi und Marie hörten gebannt zu, als Kim von den alten Zeitungsartikeln und dem Diamantenraub erzählte.
»Anton von Stein war ein Gangster?«, fragte Marie ungläubig.
Kim nickte. »Sieht ganz so aus. Offenbar hat er ja schon in seiner Jugend kriminelle Tendenzen gezeigt, auch wenn Hildegard Metzler damals die Augen davor verschlossen hat.«
»Das ist ja ein Ding!« Franzi nahm sich einen Muffin und biss hungrig hinein.
»Übrigens kann ich jetzt verstehen, warum Frau Metzler sich Hals über Kopf in Anton verliebt hat.« Kim zog grinsend einen Computerausdruck aus der Tasche. »*Voilà!* Der Gentleman-Verbrecher und Herzensbrecher, wie er leibt und lebt. Anton von Stein hat übrigens bei keinem seiner Einbrüche irgendjemandem auch nur ein Haar gekrümmt. Er kam und ging stets unbemerkt wie ein Schatten in der Nacht.«
Marie betrachtete das Foto, das Kim aus dem Internet ausgedruckt hatte, und pfiff durch die Zähne. »Nicht schlecht! In den hätte ich mich auch verliebt.« Das Bild zeigte Anton von Stein in jungen Jahren. Er lächelte selbstbewusst in die Kamera und ließ dabei seine weißen Zähne aufblitzen. Seine kurzen blonden Haare trug er nach hinten gekämmt, wodurch sein kantiges Gesicht gut zur Geltung kam. In seinen Augen lag ein verwegenes Funkeln, das ihm etwas Rebellisches gab. »Eindeutig ein Typ, mit dem man Abenteuer erleben kann«, stellte Marie fest. »Ich glaube, ich wäre an Hildegard Metzlers Stelle mit ihm durchgebrannt.« Sie nippte an ihrem Kakao.

»Tja, vielleicht wäre dann alles anders gekommen«, sagte Franzi. »Die beiden hätten geheiratet und Anton von Stein wäre kein Meisterdieb geworden.«

»Lasst uns die Fakten zusammentragen«, schlug Kim vor. »Dann können wir das weitere Vorgehen besprechen.« Sie steckte sich den Rest ihres Muffins in den Mund.

»Fakt eins«, begann Marie. »Hinter der Tapete meines Zimmers war eine alte, selbst gezeichnete Karte versteckt, die höchstwahrscheinlich den Garten der Villa zeigt.«

»Fakt zwei«, sagte Franzi. »Frau Metzler hat die Schrift auf der Karte erkannt. Sie stammt von ihrer Jugendliebe Anton von Stein.«

»Die Liebesgeschichte fand kein glückliches Ende«, fuhr Kim fort. »Anton von Stein ging ins Ausland und wurde Meisterdieb und Fassadenkletterer an der Côte d'Azur, wo er die Reichen und Schönen um Schmuck und Bargeld erleichterte. Außerdem soll er Diamanten von unschätzbarem Wert gestohlen haben. Doch die Polizei kam ihm auf die Schliche und schnappte ihn. Er wurde vor Gericht gestellt und musste viele Jahre ins Gefängnis.«

»Aber die Diamanten tauchten nie wieder auf …« Franzi machte ein nachdenkliches Gesicht. »Glaubt ihr, sie sind irgendwo auf dem Grundstück von Maries Villa versteckt?«

Marie wischte sich aufgeregt einen Schokokrümel aus dem Mundwinkel. »Ein verschollener Diamantenschatz in unserem Garten – das wäre *die* Sensation!«

Doch Kim schüttelte den Kopf. »Das passt alles nicht zusammen! Anton ist mit Mitte zwanzig ausgewandert, die Diamanten wurden aber erst Jahre später gestohlen.«

»Vielleicht hat er seiner alten Jugendliebe Hildegard die Karte und die Diamanten geschickt, damit sie beides versteckt«, überlegte Franzi.
»In diesem Fall wäre Frau Metzler eine Mitwisserin«, stellte Kim fest. »Und sie hätte uns angelogen, als sie behauptet hat, sie wüsste nicht, wie die Karte hinter die Tapete gekommen ist.«
»Ich hatte nicht den Eindruck, dass sie lügt.« Marie nahm noch einen Schluck von ihrem *Kakao Spezial.* »Was ist denn eigentlich aus Anton von Stein geworden? Lebt er noch? Und wenn ja, wo?«
Kim zuckte bedauernd mit den Schultern. »Dazu hat meine Internetrecherche leider nichts ergeben.«
»Ich frage mich, warum er die Beute nie geholt hat, wenn sie tatsächlich in Maries Garten versteckt ist.« Franzi zupfte an einem ihrer roten Zöpfe. »Das ist doch seltsam, oder?«
»Vielleicht sitzt er immer noch im Gefängnis«, vermutete Marie. »Oder die Haft hat ihn geläutert und er hat sich nach seiner Entlassung an einen ruhigen Ort zurückgezogen.«
»Ja, vielleicht will er mit seiner kriminellen Vergangenheit nichts mehr zu tun haben.« Kim rechnete kurz nach. »Anton von Stein müsste heute Ende siebzig sein. Gut möglich, dass er noch irgendwo lebt.«
»Wie machen wir denn jetzt weiter?«, fragte Franzi.
Marie überlegte. »Was haltet ihr davon, bei uns nebenan in der Frühstückspension nachzufragen? Immerhin war die Villa Antons Elternhaus. Vielleicht weiß dort jemand, was aus ihm geworden ist.«
»Gute Idee!« Kim nickte eifrig. »Toll wäre es auch, eine

Schriftprobe von Anton von Stein zu bekommen. Einen alten Brief, Notizzettel, Schulhefte, irgendwas. Dann könnten wir überprüfen, ob die Schrift auf der Karte wirklich von ihm stammt. Dafür haben wir bisher schließlich nur die Aussage von Hildegard Metzler.«

»Und wenn doch alles ganz anders ist?«, wandte Franzi ein. »Was, wenn Frau Metzler uns mit dem Hinweis auf Anton von Stein auf eine falsche Fährte locken wollte?«

»Um das mit Sicherheit ausschließen zu können, brauchen wir eine Schriftprobe«, sagte Kim. »Oder eine Aussage von Herrn von Stein persönlich.«

»Wenn er noch lebt«, murmelte Marie.

In diesem Moment fragten sich alle drei Detektivinnen dasselbe: Was war aus Frau Metzlers Jugendliebe geworden?

Gewitterwolken am Freundschaftshimmel

Gleich am nächsten Nachmittag statteten die drei !!! der Frühstückspension einen Besuch ab. Diesmal mussten sie keine weiten Strecken zurücklegen, denn die *Pension Morgenstund* lag Zaun an Zaun mit Maries Zuhause. Die Detektivinnen betraten das Grundstück durch ein kleines Gartentor, das beim Öffnen leise quietschte. Die Pension lag etwas versteckt hinter hohen Bäumen in einem alten Haus mit hellblauer Fassade. Es war kleiner als die Villa, in der Marie lebte, wirkte mit seinen hohen Fenstern und dem kleinen Erker im ersten Stock aber sehr freundlich und einladend.

»Wie hübsch«, bemerkte Kim, als sie durch die Eingangstür in einen kleinen Flur gelangten. Der Boden war mit alten Schachbrett-Fliesen ausgelegt und das kräftige Blau der Wände bildete einen schönen Kontrast dazu.

»Ja, hier würde ich auch Urlaub machen«, sagte Franzi. »Richtig urig und gemütlich.«

Eine Frau trat aus einem angrenzenden Raum in den Flur. Sie hatte ihre roten lockigen Haare zu einem Knoten aufgesteckt und trug eine hellgrüne Schürze über der Jeans. Auf ihrem blassen Gesicht drängten sich Unmengen von Sommersprossen.

»Guten Tag«, sagte sie freundlich. »Kann ich euch helfen?«

»Ich bin Marie Grevenbroich.« Marie streckte der Frau die Hand hin. »Ich wohne mit meiner Familie nebenan.«

»Stimmt, ich hab dich schon ein paarmal an unserem Zaun

vorbeigehen sehen.« Die Frau schüttelte herzlich Maries Hand. »Wie schön, dass wir uns endlich mal persönlich kennenlernen. Ich bin Juli Weiland, die Betreiberin der *Pension Morgenstund*. Aber kommt doch erst mal rein!«

Frau Weiland führte die Mädchen in einen geräumigen Frühstücksraum. Durch die großen Fenster flutete das Nachmittagslicht herein und beleuchtete die kleinen Tische, die mit bunten Sesseln und Stühlen gemütliche Sitzgruppen bildeten. Auf jedem Tisch stand eine Vase mit einer gelben Rose.

»Ihre Pension ist wirklich ein Schmuckstück.« Kim sah sich begeistert um. »Man fühlt sich sofort wohl.«

Juli Weiland lächelte. »Vielen Dank! Genau das ist mein Ziel. Ich will den Menschen in der Fremde ein Zuhause bieten, ihnen eine kleine Oase zum Wohlfühlen schaffen. Die meisten meiner Gäste kommen immer wieder.«

»Das glaube ich Ihnen sofort.« Auch Marie war sehr angetan von dem geschmackvoll eingerichteten Ambiente. »Wie lange betreiben Sie die Pension denn schon?«

»Seit drei Jahren. Am Anfang war es nicht leicht, sich gegen die Konkurrenz durchzusetzen. Aber inzwischen hab ich jede Menge Stammkunden.« Frau Weiland zupfte ein welkes Blatt von einer Rose. »Was vielleicht auch an meinen moderaten Preisen liegt. Ich halte nichts davon, meine Gäste abzuzocken. Das Preis-Leistungs-Verhältnis muss stimmen.«

»Wissen Sie zufällig etwas über die ehemaligen Besitzer dieses Hauses?«, erkundigte sich Kim. »Wir recherchieren gerade ein bisschen zur Geschichte der Villen in dieser Straße. Und wir wissen, dass hier eine Familie von Stein gewohnt hat.«

Juli Weiland dachte kurz nach, dann schüttelte sie den Kopf.

»Nein, tut mir leid, der Name sagt mir nichts. Ich habe das Haus von einer Immobiliengesellschaft gemietet. Soviel ich weiß, hatte diese es einige Jahre zuvor günstig erworben und renoviert.«

»Waren irgendwelche Unterlagen im Haus, als Sie eingezogen sind?«, fragte Marie. »Briefe, Notizen, Schulhefte oder etwas in der Art?«

Wieder schüttelte die Pensionsinhaberin den Kopf. »Leider nicht. Es war schon alles ausgeräumt. Ich glaube nicht, dass irgendwo noch Unterlagen der ehemaligen Besitzer existieren.«

Die drei !!! wechselten einen enttäuschten Blick. So ein Mist! Schon wieder eine Sackgasse.

»Na ja, das wäre auch zu schön gewesen.« Kim seufzte. »Trotzdem vielen Dank für Ihre Hilfe.«

»Nichts zu danken.« Juli Weiland lächelte den Mädchen zu. »Ich drücke euch die Daumen, dass ihr bei den anderen Nachbarn mehr Glück habt.«

Die Detektivinnen verabschiedeten sich und verließen die Pension. Auf dem Bürgersteig vor dem Haus blieben sie stehen.

»Dieser Fall ist wirklich verzwickt«, stellte Kim fest. »Was wir auch tun, wir kommen einfach nicht weiter.«

»Ich hasse es, wenn die Ermittlungen so langsam vorangehen«, schimpfte Franzi. »Am liebsten würde ich einfach auf gut Glück in Maries Garten nach dem verschollenen Diamantenschatz graben.«

Marie grinste. »Tu dir keinen Zwang an! Papa und Tessa freuen sich bestimmt, wenn du unseren Garten umgräbst.«

Kim schüttelte den Kopf. »Das bringt doch nichts, solange die Karte unvollständig ist. Aber vielleicht lässt sich die zweite Hälfte ja rekonstruieren. Leihst du mir die Karte mal aus, Marie? Dann nehme ich sie zu Hause in aller Ruhe unter die Lupe.«

»Klar, kein Problem.« Marie zog die Karte aus der Hosentasche und reichte sie Kim.

Kim hatte das Dokument gerade eingesteckt, als ein junger Mann um die Ecke bog und pfeifend näher kam. Marie erkannte die Melodie, es war *Alouette*, ein französisches Kinderlied. Ihr Herz schlug augenblicklich höher.

»Ich glaub's nicht!«, zischte sie. »Das ist er!«

»Wer?«, fragte Franzi viel zu laut.

»Pst!«, machte Marie hektisch. »Antoine, der süße Franzose, von dem ich euch erzählt habe.«

Für weitere Erklärungen blieb keine Zeit, denn Antoine hatte die Detektivinnen bereits erreicht. Sein Pfeifkonzert endete abrupt, als er Marie erkannte.

»Quelle chance!«, rief er. *»Salut, Marie!«* Er beugte sich zu ihr, um sie mit zwei Küsschen zu begrüßen. Seine dunklen Haare streiften Maries Wange und der Duft seines Aftershaves stieg ihr in die Nase.

»Ja, das ist wirklich ein Zufall.« Marie lächelte und hoffte, dass Antoine ihr nicht ansah, wie sehr sie sich über ihre Begegnung freute. »Das sind meine Freundinnen Franzi und Kim.«

»Enchanté!« Antoine verteilte weitere Wangenküsschen.

»Wie schön, dass wir dich auch mal kennenlernen«, bemerkte Franzi. »Marie hat schon viel von dir erzählt.«

»Tatsächlich?« Antoine zog belustigt die Augenbrauen in die Höhe und Marie hätte ihrer Freundin am liebsten kräftig auf den Fuß getreten.
»Das Ostviertel scheint es dir ja wirklich angetan zu haben«, sagte sie schnell, um das Thema zu wechseln. »Witzig, dass wir uns nun schon zum zweiten Mal hier treffen.«
»Ja, mir gefällt das Viertel«, bestätigte Antoine. »Ich mag die alten Häuser und die vielen Bäume. Außerdem wohne ich hier.« Er deutete auf die Pension.
»Du wohnst in der *Pension Morgenstund*?«, fragte Marie überrascht.
»Oui.« Antoine nickte. »Ich hab die Adresse übers Internet gefunden. Die Zimmer sind sehr hübsch und gar nicht teuer.«
»Na, so was!« Marie lachte. »Stell dir vor, ich wohne direkt nebenan.«
»Tatsächlich?«, fragte Antoine erstaunt. »Dann sind wir ja Nachbarn! Und ich dachte schon, ich würde dich nie wiedersehen. Ich war untröstlich deswegen.«
Marie schluckte. »Wirklich?«
Antoine sah ihr tief in die Augen. *»Mais oui.* Und ich würde dich immer noch gerne zu einem Kakao in der *Chocolaterie* einladen. Sagst du heute Ja?«
Marie nickte. »Gerne!« Sie spürte die vorwurfsvollen Blicke von Kim und Franzi und fügte schnell hinzu: »In den nächsten Tagen hab ich allerdings eine Menge zu tun.«
»Wie wär's am Donnerstag um vier Uhr?«, schlug Antoine vor.
»Perfekt!« Marie lächelte und versank in Antoines kaffeebraunen Augen.

Kim räusperte sich und die romantische Stimmung zerplatzte wie eine Seifenblase. »Sag mal, Antoine, haben wir uns schon mal irgendwo gesehen? Du kommst mir irgendwie so bekannt vor.«
Antoine riss seinen Blick von Marie los. »Nicht dass ich wüsste. Ich bin zum ersten Mal in der Stadt.« Er zuckte bedauernd mit den Schultern.
»Merkwürdig …«, murmelte Kim. »Ich könnte schwören, wir wären uns schon mal begegnet.«
Antoine warf einen Blick auf seine Armbanduhr. »Ich muss jetzt leider los. War nett euch kennenzulernen.« Er lächelte Kim und Franzi zu, bevor er sich an Marie wandte. »Wir sehen uns Donnerstag, okay?«
Marie nickte. »Ich freu mich!«
»Ich mich auch.« Antoine hauchte Marie zwei Küsschen auf die Wangen, öffnete das Gartentor und betrat das Grundstück der Pension.
Marie sah ihm mit verträumtem Blick nach. »Ist er nicht zum Anbeißen süß?«, hauchte sie. In diesem Moment quietschten Bremsen und direkt neben ihr kam ein Mountainbike zum Stehen. Marie zuckte zusammen. »Holger!«, rief sie überrascht.
»Hallo, ihr drei.« Holger rückte seinen Fahrradhelm zurecht. »Wer war das denn?« Er nickte zu Antoine hinüber, der gerade in der Pension verschwand.
Marie wurde rot. »Ach, nur ein französischer Tourist auf der Durchreise, mit dem wir uns ein bisschen unterhalten haben.« Sie versuchte ein harmloses Gesicht zu machen. Zu ärgerlich, dass Holger ausgerechnet jetzt hier auftauchen

musste. Aber eigentlich war sie ihm ja keine Rechenschaft schuldig, oder?
Holger runzelte die Stirn. »Es sah irgendwie so aus, als würdet ihr euch schon länger kennen.«
»Quatsch!«, versicherte Marie. »Antoine und ich sind uns vor ein paar Tagen ganz zufällig in der *Chocolaterie* über den Weg gelaufen, das ist alles. Sag mal, was machst du eigentlich hier?«
Holger starrte Marie ungläubig an. »Hast du etwa unsere Verabredung vergessen?«
Marie schluckte. »Verabredung?« Sie hatte in der Tat keinen blassen Schimmer, wovon Holger redete. Doch dann bemerkte sie seine Sportklamotten und die Trinkflasche am Rahmen seines Mountainbikes. Blitzschnell zählte sie eins und eins zusammen. »Richtig!« Sie schlug sich mit der flachen Hand gegen die Stirn. »Wir wollten heute ja zusammen Mountainbike fahren!«
»Wie schön, dass dir das auch wieder einfällt«, bemerkte Holger etwas säuerlich.
Marie schenkte ihm ein strahlendes Lächeln. »Gib mir fünf Minuten, dann bin ich bei dir. Ich muss mich nur schnell umziehen und mein Fahrrad holen, okay?«
Holger zuckte mit den Schultern. »Klar, kein Problem. Ich warte vor dem Haus auf dich.«
Er schob sein Mountainbike zur alten Villa hinüber und Marie verabschiedete sich hastig von Kim und Franzi.
»Holger sieht ganz schön genervt aus«, stellte Kim leise fest.
Franzi nickte. »Diesen Gewitterwolken-Blick kenne ich von Felipe: Das ist die reine Eifersucht!«

»Ach was, der beruhigt sich schon wieder«, behauptete Marie. »Außerdem hat er gar keinen Grund, eifersüchtig zu sein, schließlich sind wir schon lange kein Paar mehr, sondern nur noch gute Freunde.«

»Hoffentlich sieht Holger das genauso«, bemerkte Kim.

»Was ist jetzt, kommst du, Marie?«, rief Holger.

»Bin schon da!«, rief Marie zurück und eilte davon.

Schock für Franzi

Als Franzi aus dem Ostviertel nach Hause radelte, war es schon fast halb sieben. Sie trat kräftig in die Pedale, um nicht zu spät zum Abendessen zu kommen. Franzi genoss die Fahrt durch die frühlingshafte Stadt und ließ sich den lauen Maiwind durch die Haare wehen. Bald hatte sie die Landstraße erreicht, die zu dem alten Bauernhaus führte, in dem Franzi mit ihrer Familie wohnte. Franzi erhöhte noch einmal das Tempo und registrierte zufrieden, dass sich ihr Puls kaum beschleunigte. Sie liebte es, sich zu bewegen, ganz gleich ob sie lange Ausritte auf ihrem Pony Tinka unternahm, mit dem Fahrrad durch die Gegend düste oder auf ihren Inline-Skates die Straßen unsicher machte.

Schwungvoll bog Franzi in die schmale Zufahrt zu ihrem Zuhause ein und umrundete geschickt mehrere Schlaglöcher auf dem holprigen Weg. Die Bäume rechts und links standen in hellem Grün und in den Zweigen zwitscherten die Vögel. Was für ein herrlicher Abend!

Das alte Bauernhaus tauchte am Ende des Weges auf. Das rote Backsteingebäude mit den dunkelblauen Fensterläden und der farblich dazu passenden Haustür wirkte im Licht der Abendsonne wie das Motiv einer Kitschpostkarte. Grüner Efeu rankte sich an der Fassade empor bis zum Dach und von der Koppel hinter dem Haus waren Hufgetrappel und Tinkas übermütiges Wiehern zu hören. Franzi grinste. Wahrscheinlich vollführte ihr Pony gerade seinen Abendgalopp. Sie fuhr über den Hof, lehnte ihr Fahrrad gegen die

Hauswand und sprang die drei Steinstufen zur Haustür hinauf.

»Ich bin wieder da!«, rief sie gut gelaunt, als sie die Tür öffnete. Franzi streifte sich die Turnschuhe von den Füßen und betrat auf Socken die Küche, wo bereits ihre ganze Familie versammelt war. Franzis ältere Geschwister Chrissie und Stefan saßen auf der Küchenbank zwischen dem üblichen Chaos aus Zeitschriften, Reitkappen, Büchern und anderem Krimskrams. Frau Winkler lehnte an der Spüle, ihr Mann stand neben ihr.

Franzi stutzte. »Nanu, der Tisch ist ja noch gar nicht gedeckt«, stellte sie etwas vorwurfsvoll fest. »Da hätte ich mich ja gar nicht so zu beeilen brauchen.«

Niemand reagierte. Erst jetzt fiel Franzi das merkwürdige Schweigen in der Küche auf. Die Augen ihrer Schwester waren rot und sie schnäuzte sich gerade in ein Taschentuch. Stefan starrte mit versteinerter Miene auf die Holzplatte des Küchentischs. Auch die Gesichter ihrer Eltern waren ernst.

»Was ist denn mit euch los?«, fragte Franzi verdutzt. »Ist jemand gestorben?«

Chrissie schluchzte auf. Herr Winkler räusperte sich. »Setz dich bitte, Franzi. Es gibt leider schlechte Neuigkeiten.«

Franzi schluckte. Als sie sich auf einem Stuhl niederließ, schien ein kalter Hauch durch die sonst so gemütliche Küche der Winklers zu wehen. Franzi fröstelte.

»Es geht um … Oma Lotti.« Herr Winkler räusperte sich noch einmal. Es fiel ihm sichtlich schwer, den nächsten Satz auszusprechen. »Sie … also … Oma Lotti hatte einen Schlaganfall.«

»Was?« Franzis Herzschlag setzte einen Moment aus. Sie starrte ihren Vater an. Hatte sie sich verhört? Das konnte doch nicht wahr sein!
»Die Nachbarin hat sie in ihrem Schlafzimmer gefunden«, berichtete Herr Winkler nun ganz sachlich. »Offenbar ist es beim Aufstehen heute früh passiert.«
Nur ganz langsam sickerte die schreckliche Wahrheit in Franzis Bewusstsein. »Ist sie .. ist sie … tot?«, krächzte sie. Ihr Mund war plötzlich ganz trocken.
»Nein, nein«, sagte Herr Winkler schnell. »Sie wurde ins Krankenhaus gebracht. Dort wird alles für sie getan.«
Franzi sprang auf. »Ich muss zu ihr!« Sie wollte zu ihrem Fahrrad stürmen, aber ihre Beine fühlten sich taub an und vor ihren Augen drehte sich alles. Sie musste sich an der Tischkante festhalten, um nicht umzukippen.
Mit wenigen Schritten war ihre Mutter bei ihr und drückte sie zurück auf den Stuhl. »Ich verstehe ja, dass du bei deiner Oma sein willst«, sagte sie sanft. »Aber im Moment können wir nichts für sie tun. Papa und ich kommen gerade aus dem Krankenhaus. Oma Lotti ist momentan nicht ansprechbar. Sie braucht viel Ruhe.«
»Aber … ich kann sie doch jetzt nicht einfach alleinlassen!« Franzis Stimme versagte.
»Morgen ist auch noch ein Tag.« Frau Winkler strich ihrer Tochter über die Wange. »Es ist für uns alle ein Schock. Wir müssen zusammenhalten und gemeinsam stark sein.«
Stefan und Herr Winkler nickten. Franzis Bruder war ungewöhnlich blass und knetete unter dem Tisch unablässig seine Hände. Seine Augen glänzten verdächtig.

Chrissie ließ ihren Tränen freien Lauf. Ihre Wangen waren schon ganz nass und ihre Wimperntusche war verlaufen, doch das schien Franzis sonst so eitle Schwester heute gar nicht zu bemerken. »Und was ist, wenn Oma Lotti stirbt?«, fragte sie mit wackeliger Stimme, die so ganz anders klang als ihr üblicher leicht zickiger Tonfall.
»Daran sollten wir jetzt nicht denken«, sagte Herr Winkler fest. »Wir dürfen die Hoffnung nicht aufgeben.«
Franzi schluckte. Der Gedanke, dass Oma Lotti sterben könnte, war einfach unerträglich. Plötzlich hielt sie es nicht mehr in der Küche aus. Chrissies Tränen, Stefans versteinerter Blick, die Hilflosigkeit und Verzweiflung ihrer Eltern – das war einfach zu viel. Sie musste hier raus! Franzi sprang so heftig auf, dass ihr Stuhl gefährlich schwankte.
»Wo willst du hin?«, fragte Frau Winkler alarmiert.
»Ich … ich bin im Stall«, stammelte Franzi und ergriff die Flucht.

Vor dem Haus atmete Franzi erst einmal tief durch. Die Sonne war inzwischen hinter dem Haus verschwunden und die Luft hatte sich abgekühlt. Es war immer noch derselbe herrliche Frühlingsabend wie vorhin, aber Franzi hatte keinen Blick mehr für das helle Grün der Blätter und die bunt leuchtenden Blumen, die am Rand der Koppel wuchsen. Sie konnte nur noch an Oma Lotti denken, die nicht mehr in ihrem Haus in Billershausen war, wo sie hingehörte, sondern schwer krank im Krankenhaus lag.
Langsam schlurfte Franzi zur Koppel hinüber. Sie fühlte sich, als würde sie ein zentnerschweres Gewicht zu Boden drücken.

Tinka hatte ihren Abendgalopp beendet und stand ruhig unter einem knorrigen Apfelbaum. Als sie Franzi erblickte, kam sie sofort zum Zaun und schnaubte sanft zur Begrüßung.
»Hallo, meine Süße!« Franzi streichelte ihr Pony. »Du merkst genau, dass es mir nicht gut geht, was?« Franzi lächelte traurig. Tinka war sehr klug. Sie hatte ein unglaubliches Gespür dafür, wie es Franzi ging. Jetzt stupste sie sie aufmunternd mit der Schnauze an. »Ja, ja, ich erzähle dir alles. Aber erst bringe ich dich in den Stall.«
Franzi öffnete das Tor zur Koppel und Tinka trabte brav hinter ihr her. Ein Halfter war nicht nötig, denn Tinka wusste genau, dass sie gleich ihr Abendheu bekommen würde, und steuerte zielstrebig ihre Box im Pferdestall an. Franzi versorgte ihr Pony und sah Tinka beim Fressen zu. Als Tinka satt war, legte sie ihren Kopf auf Franzis Schulter und pustete ihr warme Luft ins Ohr.
Franzi musste kichern. »He, das kitzelt!« Doch plötzlich ging das Kichern nahtlos in heftiges Schluchzen über. Franzi vergrub ihr Gesicht in Tinkas weicher Mähne und weinte so lange, bis sie keine Tränen mehr hatte. Dann erzählte sie Tinka flüsternd, was geschehen war. Das Pony stand ganz still und hörte mit gespitzten Ohren zu.
»Oma Lotti darf einfach nicht sterben!« Franzi wischte sich mit dem Ärmel ihres Pullovers über das Gesicht und zog die Nase hoch. »Verstehst du?« Tinka schnaubte zustimmend.
Die Anwesenheit ihres geliebten Ponys, die abendliche Stille im Stall und der vertraute Geruch nach Heu und Pferden trösteten Franzi und legten sich wie Balsam auf ihre Seele. Sie merkte, wie sie ruhiger wurde. Die Sorge um ihre Oma

war zwar immer noch da, aber es schoben sich andere Bilder aus helleren Tagen davor.
Franzi musste an die vielen Besuche bei Oma Lotti in Billershausen denken. An ihr verwunschenes Hexenhäuschen am Rand des Märchenwaldes, dessen uralte Legende sie Franzi so oft erzählt hatte.
Franzi sah ihre Oma vor sich, mit dem grauen Dutt, dem runzligen Gesicht und ihrer karierten Kittelschürze. Würde sie jemals wieder in ihrer Küche am Herd stehen und ihre berühmten Bratkartoffeln zubereiten? Plötzlich fiel Franzi ein, wie sie bei einem ihrer letzten Besuche in Billershausen zufällig Oma Lottis Testament gefunden hatte. Franzi hatte einen riesigen Schreck bekommen, aber ihre Oma hatte behauptet, nur für den Fall der Fälle vorsorgen zu wollen. War das tatsächlich die Wahrheit gewesen? Oder hatte ihre Oma eine Vorahnung gehabt? Hatte sie gewusst, dass bald etwas Schreckliches geschehen würde?
Franzi seufzte. »Du musst wieder gesund werden, Oma Lotti«, flüsterte sie in die Stille des Stalles hinein. »Gib nicht auf, hörst du?«
Franzi umarmte Tinka ein letztes Mal, drückte ihr einen Kuss auf die Nase und ging hinaus in die blaue Frühlingsdämmerung.

Marie riss die Tür zum Krankenhaus auf und stürmte in die Eingangshalle. Franzi und Kim warteten bereits vor den Fahrstühlen.
»Ich konnte es kaum glauben, als ich heute früh deine SMS gelesen habe!« Marie umarmte Franzi und drückte sie ganz

fest. »Oma Lotti war doch fit wie ein Turnschuh, als wir sie das letzte Mal besucht haben.«

Franzi löste sich aus Maries Umarmung. »Ja, für uns kam ihr Schlaganfall auch völlig überraschend. Ich hab die ganze Nacht kein Auge zugetan und in der Schule heute Vormittag nur vor mich hin gedämmert. Ich sag's euch, ich bin völlig fertig.«

»Kann ich verstehen«, sagte Marie mitfühlend. »Aber denk dran: Du bist nicht allein!«

Franzi lächelte schwach. »Ich weiß. Danke, dass ihr mich zu Oma Lotti begleitet. Ich bin mir nicht sicher, ob ich das alleine durchstehen würde.«

»Das ist doch selbstverständlich.« Kim drückte Franzis Arm. »Wozu hat man schließlich Freundinnen?«

»Sollen wir?«, fragte Marie.

Franzi nickte tapfer. »Wir müssen in den zweiten Stock, Zimmer 221. Zum Glück hat sich Oma Lottis Zustand inzwischen stabilisiert. Aber ich habe trotzdem Angst davor, sie zu sehen.«

Marie konnte Franzis Gefühle sehr gut nachvollziehen. Durch den tragischen Unfall ihrer Mutter war sie schon früh mit dem Tod in Berührung gekommen und wusste, wie schlimm es war, einen geliebten Menschen zu verlieren.

Schweigend fuhren die drei !!! im Fahrstuhl nach oben. Dicht nebeneinander liefen sie über den langen Korridor bis zu dem Zimmer, in dem Oma Lotti lag. Franzi musste sich kurz sammeln, bevor sie den Mut fand, die Klinke hinunterzudrücken und den Raum zu betreten. Marie und Kim folgten ihr.

Lotti Winkler war in einem kleinen Einzelzimmer untergebracht. Marie bekam einen Schreck, als sie Franzis Oma sah. Die sonst so resolute und lebensfrohe alte Dame lag reglos in ihrem Krankenhausbett. Ihre Augen waren geschlossen und ihr runzliges Gesicht wirkte eingefallen und leblos. Ihre Haare, die sonst immer zu einem ordentlichen Dutt frisiert waren, lagen wie graue Algen auf dem Kissen. In ihrem rechten Handrücken steckte eine Kanüle, durch die eine Infusion in ihren Körper tropfte.

Marie sah, wie Franzi schluckte und noch etwas blasser wurde. Scheu trat Franzi neben das Bett und zögerte. Dann griff sie nach Oma Lottis linker Hand, die schlaff auf der weißen Bettdecke lag. »Hallo, Oma«, sagte sie mit heiserer Stimme. »Ich bin's, Franzi. Marie und Kim sind auch hier.« Lotti Winkler zeigte keine Reaktion und Franzi verstummte entmutigt.

»Rede weiter mit ihr.« Kim nickte Franzi aufmunternd zu. »Wer weiß, vielleicht kann sie dich trotz allem hören.«

Franzi nickte. »Wir haben alle einen ganz schönen Schreck bekommen gestern«, erzählte sie. »Was machst du nur für Sachen? Ein Glück, dass du so schnell gefunden wurdest. Übrigens brauchst du dir um Minka keine Sorgen zu machen, sie wird von deiner Nachbarin versorgt, bis du wieder fit bist.«

Marie musste lächeln. Es war typisch für Franzi, dass sie trotz aller Sorgen Oma Lottis rabenschwarze Katze Minka nicht vergessen hatte. Ihre ausgeprägte Tierliebe hatte Franzi von ihrem Vater geerbt, der als Tierarzt im Lauf der Jahre unzähligen Katzen, Hunden und Pferden das Leben gerettet hatte.

Eine Weile blieben sie noch bei Oma Lotti, bis sich die Tür

öffnete und eine Krankenschwester hereinkam. Sie lächelte den Mädchen zu. »Ihr müsst jetzt leider gehen. Frau Winkler braucht viel Ruhe.«

Franzi nickte. Sie warf ihrer Oma einen liebevollen Blick zu und drückte ein letztes Mal ihre Hand. »Tschüss, Oma«, sagte sie. »Morgen komme ich wieder, okay?« Plötzlich stutzte sie. »Habt ihr das gesehen?«

»Was denn?«, fragte Kim.

»Ihre Augenlider! Sie haben gerade gezuckt!« Franzis Stimme überschlug sich fast vor Aufregung.

»Bist du sicher?« Marie runzelte die Stirn.

»Ich hab's genau gesehen!«, behauptete Franzi.

Kim lächelte. »Das ist bestimmt ein positives Zeichen.«

Franzi nickte. »Das glaube ich auch.« Neue Hoffnung blitzte in ihren Augen auf. »Oma Lotti muss einfach wieder gesund werden!«

Die drei !!! verabschiedeten sich von Lotti Winkler und verließen das Krankenhaus.

Als sie zu ihren Fahrrädern gingen, räusperte sich Kim umständlich. Dann sagte sie: »Hör mal, Franzi, falls du aus den Ermittlungen aussteigen willst, ist das kein Problem. Marie und ich werden bestimmt auch alleine mit dem Fall fertig.«

Franzi blieb so plötzlich stehen, dass Marie fast in sie hineingelaufen wäre. »Wollt ihr mich etwa loswerden?«, fragte sie ungläubig.

Kim schüttelte schnell den Kopf. »Nein, natürlich nicht!«

Marie kam ihr zu Hilfe. »Es geht eher darum, dich ein bisschen zu entlasten«, erklärte sie. »Damit du mehr Zeit für Oma Lotti hast und dich voll und ganz um sie kümmern kannst. Wenn es dir lieber ist, können wir die Ermittlungen auch komplett fallenlassen. So wichtig ist diese alte Schatzkarte nun auch wieder nicht …«

Franzi runzelte die Stirn. »Seid ihr jetzt komplett verrückt geworden?« Sie stützte die Hände in die Hüften und ihre Augen funkelten ärgerlich. »Seit es unseren Detektivclub gibt, haben wir noch keinen einzigen Fall ungelöst zu den Akten gelegt. Wir sind die drei !!! und wir geben niemals auf, klar?«

Kim hob beschwichtigend die Hände. »Natürlich! Wie gesagt, wir wollten dir nur helfen.«

Franzi seufzte. »Ich weiß«, sagte sie etwas versöhnlicher. »Aber ich brauche die Detektivarbeit jetzt mehr denn je, sonst werde ich vor Sorge noch verrückt.«

»Prima!« Marie hatte eigentlich nichts anderes erwartet. Trotzdem war sie erleichtert, dass die Ermittlungen weitergingen. Es hätte sie ziemlich gewurmt, wenn das Rätsel der alten Villa auf ewig ungelöst geblieben wäre. »Wir werden also trotz allem weitermachen. Aber dafür brauchen wir eine Extraportion Energie.«

Franzi lächelte. »Unbedingt!« Sie streckte den Arm aus und die Detektivinnen zelebrierten noch einmal ihr altbewährtes Ritual. Als die dreifache Power lautstark in den Himmel schallte, war sich Marie sicher, dass sie den Fall bald lösen würden.

Romantisches Date mit plötzlichem Ende

Zwei Tage später wurde Marie von einem durchdringenden Klingelton geweckt. Im Halbschlaf griff sie nach ihrem Wecker, doch der war stumm und völlig unschuldig an der ärgerlichen Störung. Stöhnend wälzte sich Marie herum und tastete nach ihrem Handy, das wie immer griffbereit neben dem Bett lag. Eine SMS von Kim! Eingangszeit: 6:15 Uhr.
»Die spinnt doch!«, murmelte Marie. »Um diese Uhrzeit …«
Trotzdem öffnete sie die Nachricht. Als sie den kurzen Text las, war sie mit einem Schlag hellwach:

SOS! Eiliges Clubtreffen gleich nach der Schule bei Marie. Habe sensationelle Entdeckung gemacht! GLG, Kim

Marie simste ein schnelles O. K., dann legte sie das Handy weg und schlug die Decke zur Seite. Da sie nun schon mal wach war, konnte sie auch gleich aufstehen und den Tag mit ein paar Dehnübungen beginnen. Außerdem war sie vor der Schule noch mit Holger zum Joggen verabredet. Marie ging zum Fenster und öffnete die Gardinen. Helles Morgenlicht strömte ins Gästezimmer. Heute Nachmittag würde sie endlich wieder in ihr eigenes Zimmer ziehen, die Reparaturarbeiten an Boden und Wand waren fast beendet. Während Marie die Arme über den Kopf streckte und sich erst nach links und dann nach rechts beugte, um ihre Seiten zu dehnen, musste sie an Holger denken. Hoffentlich fing er beim Joggen nicht wieder von Antoine an. Während ihrer Radtour am Montag hatte er noch eine ganze Weile herumgestichelt, was Marie ziemlich nervig gefunden hatte. Sie brauchte sich doch vor Holger nicht zu rechtfertigen, nur weil sie sich mit einem anderen Jungen unterhalten hatte, oder? Das war ein völlig unangebrachter Eingriff in ihre ganz persönliche Freiheit. Andererseits musste sie zugeben, dass sie sich ein klitzekleines bisschen geschmeichelt fühlte, weil Holger ganz offensichtlich eifersüchtig war. Es sah fast so aus, als würde er mehr für sie empfinden als reine Freundschaft. Dieser Gedanke ließ Maries Herz schneller schlagen und sie atmete dreimal tief durch, um ihren Puls wieder zu normalisieren. Dann machte sie einen Ausfallschritt und begann ihre Wadenmuskulatur zu dehnen. Sie freute sich auf die Joggingrunde mit Holger in der frischen Morgenluft und beschloss das Thema Antoine einfach zu ignorieren, falls Holger es noch einmal anschneiden sollte. Außerdem kamen ihr all diese Dinge nach der Sache mit Oma Lotti gar nicht mehr so wichtig vor. Marie seufzte. Eigentlich schade, dass immer erst etwas Schlimmes passieren musste, damit man merkte, wie gut es einem ging.

Direkt nach Schulschluss trafen sich die Detektivinnen zum außerplanmäßigen Clubtreffen bei Marie.
»Wollt ihr etwas essen?« Marie öffnete den großen, chromblitzenden Kühlschrank. »Ich hab einen Bärenhunger.«
»Gerne«, antwortete Kim und auch Franzi nickte. Die beiden saßen auf Barhockern an der Theke, die den Kochbereich mit dem frei stehenden Küchenblock vom Esszimmer abtrenn-

te. Franzi sah immer noch etwas blass aus, aber nicht mehr so übernächtigt wie vor ein paar Tagen.
Marie holte Butter, Putenbrust, Schnittkäse, Gurken und Tomaten aus dem Kühlschrank und schob vier Scheiben Toastbrot in den Designertoaster, der auf der Arbeitsfläche stand, um für sich und ihre Freundinnen schnell ein paar Sandwiches zuzubereiten.
»Jetzt erzähl schon, Kim!«, drängte Franzi. »Was hast du herausgefunden?«
»Ich glaube, ich habe es tatsächlich geschafft, die zweite Hälfte der Karte zu rekonstruieren«, verkündete Kim feierlich. Sie zog ein Blatt Papier hervor und legte es auf die Theke. Neugierig beugten sich Franzi und Marie darüber.
»Hast du das Original abgezeichnet?«, erkundigte sich Marie.
Kim grinste. »Fast! Ich hab die alte Karte abgepaust und versucht sie zu vervollständigen. Dieses große Viereck in der Mitte ist eure Villa, Marie. Davor liegt der runde Vorplatz. Die geschwungenen Linien sind Gartenwege, die es früher mal gegeben haben muss, und die kleinen Kreise symbolisieren die größeren Bäume im Garten. Die meisten stehen heute noch, ein paar wurden offenbar gefällt.«
»Und das hier in der Ecke ist der ehemalige Gartenpavillon, stimmt's?« Marie tippte auf ein Quadrat.
»Genau.« Kim nickte. »So weit waren wir ja schon. Interessant ist diese Linie hier.« Sie zeigte auf einen geraden, schwarzen Strich, der sich quer über das Blatt zog und kurz vor dem Gartenpavillon endete. »Ich glaube nicht, dass das ein Gartenweg ist.«
»Sondern?«, fragte Franzi.

Kim holte tief Luft. »Meiner Meinung nach soll das ein Pfeil sein, der auf das Versteck des Schatzes zeigt.«
Franzi sog scharf die Luft ein. »Du glaubst, der Schatz befindet sich beim Gartenpavillon?«
»Bingo!« Kim hatte vor Aufregung rote Wangen. »Überlegt doch mal, das ist der ideale Ort, um etwas zu verstecken! Der Pavillon liegt in der hintersten Ecke des Gartens und war bestimmt auch früher schon von dichtem Gebüsch umgeben. Da wird man nicht so leicht gesehen, wenn man ein Loch gräbt.«
»Du hast Recht.« Marie nickte langsam. »Das ergibt durchaus einen Sinn. Gute Arbeit, Kim!« Sie nahm die goldbraun gerösteten Brotscheiben aus dem Toaster, legte sie auf einen Teller und beschmierte sie mit Butter.
Kim lächelte stolz. »Danke!« Ihre Augen funkelten unternehmungslustig. »Los, lasst uns einen Spaten holen und den Schatz heben!«
»Jetzt?« Franzi zog die Augenbrauen hoch.
»Natürlich!« Kim nickte eifrig. »Je eher wir den Fall lösen, desto besser.«
»Jetzt essen wir erst mal.« Marie belegte die Brotscheiben zügig mit Putenbrust, Käse, Gurken- und Tomatenscheiben und stellte die fertigen Sandwiches auf die Theke. »Und danach muss ich mich umziehen und stylen. Ich bin nachher mit Antoine in der *Chocolaterie* verabredet, schon vergessen?«
»Stimmt ja!« Kim machte ein enttäuschtes Gesicht. »So was Blödes!«
Marie nahm sich ein Puten-Käse-Sandwich. »Der Schatz läuft uns schon nicht weg«, beruhigte sie ihre Freundin.

»Dann machen wir uns aber gleich heute Abend an die Arbeit!« Kims Ton ließ keinen Widerspruch zu.
Marie seufzte. »Von mir aus. Und nun guten Appetit!«

Zwei Stunden später verließ Marie in eine Maiglöckchen-Duftwolke gehüllt das Haus. Kim und Franzi waren nach dem Clubtreffen aufgebrochen, um den freien Nachmittag jede auf ihre Weise zu nutzen. Franzi wollte Oma Lotti im Krankenhaus besuchen und Kim hatte beschlossen Michi zu überraschen, indem sie ihn spontan von der Berufsschule abholte und zum Eisessen einlud.
Marie zupfte an ihrem türkisfarbenen Sommerkleid, dessen glatter Stoff kühl wie Meerwasser an ihr herabfloss. Eigentlich war das Kleid etwas zu dünn für die Jahreszeit, doch da die Maisonne heute ungewöhnlich warm schien, hatte Marie beschlossen es trotzdem zu wagen. Sie stöckelte auf den hohen Absätzen ihrer farblich zum Kleid passenden Riemchensandalen vorsichtig über den Kies zur Gartenpforte und machte sich ohne Eile auf den Weg zur *Chocolaterie*.
Wie immer kam Marie absichtlich etwas zu spät zu ihrem Date, denn eine ihrer goldenen Flirt-Regeln lautete: *Warte nie auf einen Jungen, wenn du ihn auf dich warten lassen kannst.*
Antoine saß schon an einem Bistrotisch vor der *Chocolaterie*, als Marie die Straße überquerte. Er trug eine große Piloten-Sonnenbrille im Retro-Look, die ihm ziemlich gut stand. Kaum hatte er Marie erblickt, sprang er auf und kam auf sie zu.
»*Salut*, Marie!« Er schob sich die Sonnenbrille in die schwarzen Wuschelhaare und begrüßte Marie mit zwei Wangen-

küsschen. Dann zauberte er eine langstielige, tiefrote Rose hinter seinem Rücken hervor und überreichte sie mit einer kleinen Verbeugung.
Marie schenkte ihm ein strahlendes Lächeln. »*Merci*, Antoine!« Sie schnupperte an der Rose. »Hmm, was für ein himmlischer Duft. Die Rose ist wunderschön!«
»Sie ist nicht halb so schön wie du«, sagte Antoine ernst.
Bei jedem anderen Jungen hätte dieses Kompliment abgedroschen und überzogen geklungen, aber Antoine brachte es absolut überzeugend rüber. Marie schmolz dahin. Französische Jungs waren einfach wahnsinnig charmant!
Antoine rückte Marie den Stuhl zurecht und sie ließ sich mit elegant übereinandergeschlagenen Beinen nieder. Während Antoine in die *Chocolaterie* eilte, um für ihr leibliches Wohl zu sorgen, schloss Marie kurz die Augen und genoss die warmen Strahlen der Maisonne und die Vorfreude auf einen Nachmittag mit dem süßesten Jungen, den sie seit langem getroffen hatte.
»Ich hoffe, du magst Schokoladenkuchen.« Antoine kam mit einem großen Tablett zurück, auf dem zwei Teller mit französischem Schokoladenkuchen, zwei Tassen heiße Schokolade und ein Schälchen mit Gebäck und Pralinen standen.
»Und wie!« Marie seufzte entzückt. »Das sieht ja köstlich aus!«
Antoine nahm neben ihr Platz, verteilte Teller und Tassen auf dem Tisch und machte eine einladende Handbewegung. *»Bon appetit!«*
Marie griff nach der Gabel und probierte den Kuchen. »Schmeckt einfach himmlisch!« Sie ließ sich den Bissen genießerisch auf der Zunge zergehen.

Antoine lächelte. »Ich mag es, wie du dich über die kleinen Dinge des Lebens freuen kannst. Zum Beispiel über eine Rose oder ein Stück Schokoladenkuchen. Das ist schön.«
Marie merkte, wie sich ihre Wangen röteten. »Danke«, murmelte sie. Fast hätte sie Franzis Oma erwähnt, aber im letzten Moment hielt sie sich zurück. Sie wollte diesen Nachmittag voll und ganz genießen, darum war es besser, wenn er ungetrübt von traurigen Geschichten über Schicksalsschläge blieb.
»Erzähl mir etwas von dir«, bat Antoine. »Ich möchte alles über dich wissen.«
Marie fuhr sich durch ihre langen Haare. »Wirklich?« Sie grinste schelmisch. »Das könnte aber länger dauern.«
Antoines Blick hatte etwas Trauriges, als er ernst antwortete: »Ich habe alle Zeit der Welt.«
»Also gut, womit soll ich anfangen?« Marie lehnte sich zurück und nippte an ihrer heißen Schokolade.
»Erzähl mir von deiner Familie«, bat Antoine. »Von deinen Hobbys und deinen Vorlieben. Was magst du und was hasst du? Was wünschst du dir und wovon träumst du?«
Marie dachte blitzschnell nach. Dass sie genau in diesem Moment davon träumte, mit beiden Händen durch Antoines glänzende Wuschelhaare zu fahren, behielt sie lieber für sich.
»Also, meine Familie besteht aus meinem Vater, seiner Freundin Tessa und deren Tochter Lina. Wir sind eine echte Patchworkfamilie!« Sie lachte. »Und bald kriegen wir Zuwachs, denn Tessa bekommt im Herbst ein Baby.«
»Wow, das ist toll!« Antoine sah Marie so intensiv an, als wollte er direkt in ihren Kopf schauen. »Klingt so, als wäre bei euch immer etwas los.«

Marie zuckte mit den Schultern. »Ja, es wird selten langweilig. Aber manchmal nervt mich Lina auch furchtbar. Und wie es mit dem Baby wird, weiß ich noch nicht.« Sie wollte Antoine nicht mit ihren Zweifeln und Ängsten langweilen, darum wechselte sie schnell das Thema. »Meine Hobbys sind Singen und Schauspielern. Ich nehme regelmäßig Unterricht und spiele in der Theater-AG unserer Schule mit. Später würde ich gerne Sängerin oder Schauspielerin werden.«
»Das kann ich mir sehr gut vorstellen.« Antoine nickte zustimmend. »Du bekommst bestimmt viel Applaus, oder?«
»Na ja, ich kann mich tatsächlich ganz gut auf der Bühne bewegen.« Marie versuchte bescheiden zu klingen, was ihr aber nicht so richtig gelang. Sie war stolz darauf, schon einige kleinere Erfolge auf der Bühne gefeiert zu haben. »Das sagen zumindest meine besten Freundinnen Kim und Franzi. Wenn ich nicht gerade auf der Bühne stehe, löse ich gemeinsam mit ihnen spannende Kriminalfälle.«
»Wie bitte?« Antoine verschluckte sich vor Überraschung fast an seinem Kakao. »Ich glaube, ich habe dich nicht richtig verstanden.«
»Wir haben einen Detektivclub, er heißt *Die drei !!!*«, erklärte Marie. »Wir jagen Verbrecher und klären Rätsel und Geheimnisse auf.«
»Das klingt sehr aufregend.« Antoine, der seinen Kuchen bisher noch nicht angerührt hatte, nahm einen großen Bissen.
Marie nickte eifrig. »Das ist es auch. Es macht wahnsinnig viel Spaß und wir drei ergänzen uns prima.«
»Woran arbeitet ihr gerade?«, erkundigte sich Antoine. »Habt ihr einen speziellen Fall?«

Marie schüttelte bedauernd den Kopf. »Tut mir leid, aber interne Informationen darf ich nicht weitergeben. Die laufenden Ermittlungen sind streng geheim.«
»Verstehe.« Antoine lächelte Marie zu. »Toll, wie konsequent du bist. Ich weiß nicht, ob ich so verschwiegen sein könnte.«
Marie lächelte zurück. »Und ich finde es prima, dass du so verständnisvoll bist. Manchmal sind die Leute richtig sauer, wenn ich ihnen keine Details verrate.«
»Ich könnte niemals sauer auf dich sein.« Antoines Blick bohrte sich in Maries. Sie schaffte es, nicht wegzusehen, und versank wieder einmal in seinen Augen. Wie machte er das bloß? Das grenzte ja fast an Hexerei! Antoine hatte sie mit seiner charmanten Art regelrecht verzaubert …
Zwei helle Stimmen rissen Marie aus ihrer Träumerei.
»Ich will was Süßes!«
»Ich auch! Dürfen wir? Bitte!«
Mit einem Schlag war Marie zurück in der Wirklichkeit. Diese Stimmen kannte sie! Blitzschnell scannte sie die Umgebung – und erstarrte. Tatsächlich! Sie hatte sich nicht getäuscht. Auf der gegenüberliegenden Straßenseite standen Paul und Maike und warfen sehnsüchtige Blicke zur *Chocolaterie* hinüber. Und wen versuchten sie gerade mit vereinten Kräften über die Straße zu zerren? Ihren großen Bruder!
»Holger!«, flüsterte Marie entsetzt.
»Wie bitte?«, fragte Antoine höflich.
»Ach, nichts.« Marie griff nach der Getränkekarte, klappte sie auf und hielt sie sich vors Gesicht. »Ich überlege gerade, ob ich mir noch etwas Kaltes zu trinken bestelle. Eigentlich ist heiße Schokolade ja nicht ganz das Richtige bei dem Wetter.«

»*Bien sûr*, ich hole dir gerne noch etwas«, bot Antoine an. Marie schielte hinter der Karte hervor und beobachtete, wie die Zwillinge es tatsächlich schafften, den widerstrebenden Holger über die Straße zu bugsieren.
»Na gut, ihr Nervensägen«, hörte Marie ihn seufzend nachgeben. »Ihr kriegt etwas Süßes. Aber nur eine Kleinigkeit, okay?«
»Juchhu!«, jubelten Paul und Maike. Sie steuerten zielstrebig auf die Eingangstür zu und Marie hoffte schon, sie würde unbemerkt bleiben. Aber sie hatte sich zu früh gefreut.
Plötzlich hielt Maike ihre kleine Stupsnase in die Luft und schnupperte. »Hier riecht's nach Maiglöckchen, genau wie bei Marie!«, stellte sie fest und sah sich suchend um. Als sie Marie entdeckte, stürmte sie strahlend auf sie zu. Paul folgte ihr johlend.
Marie gab ihre Tarnung auf. Sie nahm die Getränkekarte herunter und legte sie zurück auf den Tisch. Es half alles nichts, sie musste gute Miene zum bösen Spiel machen. Hätte sie vorhin doch bloß auf den Extraspritzer Maiglöckchen-Parfüm verzichtet!
»Hallo, Marie, super, dass wir dich hier treffen!«, freute sich Maike.
»Hallo, ihr beiden.« Marie versuchte ein Lächeln, das aber noch etwas gequält ausfiel.
»Da staunst du, was?« Paul grinste über das ganze Gesicht. »Freust du dich uns zu sehen?«
Jetzt musste Marie trotz allem lachen. »Und wie!«, behauptete sie. »Antoine, das sind Paul und Maike. Sie wohnen seit kurzem im Ostviertel.«
»*Enchanté!*« Antoine lächelte den Zwillingen zu.

»Was heißt das?«, wollte Maike wissen.
»Freut mich euch kennenzulernen«, übersetzte Marie.
Holger war seinen Geschwistern etwas langsamer gefolgt.
»Das ist ja ein Zufall«, begrüßte er Marie ziemlich frostig.
»Ich dachte, ihr habt heute Nachmittag eine wichtige Detektivclubsitzung.«
»Hatten wir auch.« Marie versuchte ein harmloses Gesicht zu machen. »Aber wir waren früh fertig, darum blieb noch Zeit für einen Kakao und ein Stück Schokoladenkuchen. Das ist übrigens Antoine, der Franzose, den ich vor ein paar Tagen zufällig kennengelernt habe. Antoine, das ist Holger, ein guter, alter Freund von mir.«
Auf Holgers Stirn erschien eine steile Falte. Entweder weil es ihm nicht passte, als ›guter, alter Freund‹ vorgestellt zu werden, oder weil er gerade die rote Rose auf dem Tisch entdeckt hatte.
»Kriegen wir jetzt endlich etwas Süßes?«, meldete sich Maike zu Wort.
Marie ergriff die Gelegenheit, der angespannten Atmosphäre zu entkommen, und sprang auf. »Ich hole euch was«, bot sie großzügig an. »Kommt mit, ihr zwei!«
So schnell es ihre hohen Absätze zuließen, stöckelte sie zur Eingangstür. Sie atmete auf, als sie die *Chocolaterie* betreten hatte und aus Holgers und Antoines Blickfeld verschwunden war. Was für eine unangenehme Situation! Warum musste Holger auch ausgerechnet heute Nachmittag an der *Chocolaterie* vorbeikommen? Wahrscheinlich war er jetzt wieder ewig beleidigt. Dabei hatte sie doch nichts Schlimmes getan! Was war schon dabei, ein bisschen mit Antoine zu flirten?

Schließlich war sie Single! Marie seufzte. Vielleicht hatte es doch nicht nur Vorteile, dass Holger nun ganz in der Nähe wohnte …

»Ich will das da!« Maike zeigte mit ihrem schmutzigen Zeigefinger auf ein Schokoladencroissant in der Vitrine.

»Ich auch!«, rief Paul sofort.

»Prima.« Marie zückte ihr Portemonnaie und wandte sich an die Ladenbesitzerin. »Zwei Croissants, bitte!«

Viel zu schnell war der Einkauf erledigt.

»Danke!«, riefen die Zwillinge im Chor, als Marie ihnen ihre Croissants überreichte. Dann stürmten sie nach draußen, um Holger zu zeigen, was sie bekommen hatten.

Marie zögerte kurz, bevor sie ihnen folgte. Am liebsten wäre sie einfach so lange im Laden geblieben, bis Holger mit seinen Geschwistern wieder verschwunden war, aber das ging natürlich nicht. Außerdem hatte sie keinen Grund, sich zu verstecken! Marie straffte die Schultern und marschierte erhobenen Hauptes zu ihrem Platz zurück.

»Wir müssen weiter«, sagte Holger, ohne Marie anzusehen.

Marie nickte erleichtert. »Klar. Tschüss dann!«

»Ja, bis irgendwann mal.« Holger nickte Antoine zu, dann machte er sich mit Paul und Maike auf den Weg. Die Zwillinge konnten zum Abschied nur winken, weil ihre Münder voller Schokocroissant waren.

Marie atmete auf, als die drei um die nächste Ecke verschwunden waren.

»Die Zwillinge sind süß«, stellte Antoine fest.

Marie nickte matt. »Ja. Aber sie können auch ziemlich anstrengend sein.«

Sie musste an Holgers versteinerte Miene denken, als er sie und Antoine entdeckt hatte. Warum konnte er nicht etwas lockerer sein? Sie war doch nicht sein Eigentum!
»Alles in Ordnung?«, fragte Antoine, dem Maries düsterer Gesichtsausdruck nicht entgangen war.
Marie nickte schnell. »Ja, klar.« Aber ihre gute Laune war dahin. Genauso wie die romantische Stimmung, die vorhin zwischen Antoine und ihr geherrscht hatte. Holger hatte alles kaputt gemacht! Marie merkte, wie sie wütend wurde. Sie trank ihren Kakao aus, der inzwischen kalt geworden war. »Sorry, aber ich muss nach Hause.«
»Jetzt schon?«, fragte Antoine enttäuscht.
Marie stand auf. »Wir können uns gerne ein andermal weiter unterhalten.«
»Das wäre schön.« Antoine lächelte. »Ich weiß ja jetzt, wo du wohnst.«
»Genau.« Marie drückte Antoine zwei schnelle Küsschen auf die Wangen und machte sich auf den Heimweg. Sie wollte nur noch eins: nach Hause und ihre Ruhe haben. »Mach's gut, Antoine.«
»*Au revoir*, Marie«, gab er zurück. »*Et à bientôt!*«

Wo ist der Schatz?

Nach dem Abendessen startete die ›Aktion Schatzsuche‹. Marie hatte sich in der Zwischenzeit von ihrem verpatzten Date abgelenkt, indem sie in ihrem Zimmer, das endlich bezugsfertig war, gründlich Staub gewischt und die Bettwäsche gewechselt hatte. Sie freute sich darauf, heute Nacht wieder in ihrem eigenen Bett zu schlafen, und hatte beschlossen sich nicht länger über Holgers Eifersuchtsattacken den Kopf zu zerbrechen.

Sobald Kim und Franzi eingetroffen waren, holten die Detektivinnen eine Hacke und zwei Spaten aus dem Schuppen und marschierten über die gepflegte Rasenfläche. Es war ein milder Frühlingsabend. Die Sonne ging gerade hinter den hohen Bäumen des nahen Waldes unter und friedliche Stille hatte sich über das Ostviertel gelegt.

»Wie geht es deiner Oma?«, erkundigte sich Kim, während Marie ihre Freundinnen in die hinterste Ecke des Gartens führte.

»Es gibt leider noch nichts Neues.« Franzi seufzte. »Ihr Zustand ist immer noch unverändert. Ich wünschte, sie würde endlich aufwachen!«

Marie warf einen Blick über die Schulter. »Du musst Geduld haben. So schnell geht das nicht!«

»Genau.« Kim nickte. »Früher oder später wird Oma Lotti wieder gesund, ganz sicher!«

»Hoffentlich«, murmelte Franzi.

»Hier ist es.« Marie blieb stehen. Sie hatten den Rasen mit

den alten Bäumen hinter sich gelassen und standen zwischen dichtem Gestrüpp. Brennnesseln und Unkraut wucherten kniehoch und weiter hinten ragte der Zaun zum Nachbargrundstück auf. »Papa und Tessa hatten noch keine Zeit, sich um diesen Teil des Gartens zu kümmern, darum sieht es ziemlich wild aus«, sagte Marie entschuldigend. Sie schob mit dem Fuß vorsichtig ein paar große Brennnesseln zur Seite. »Hier stand früher der Gartenpavillon.« Unter den Pflanzen kam ein bröckeliges Betonfundament zum Vorschein.
Franzi pfiff durch die Zähne. »Nicht schlecht! War bestimmt superromantisch, an lauen Sommerabenden völlig ungestört mit seinem Liebsten in der Laube zu sitzen.«
Marie grinste. »Ja, schade, dass der Pavillon schon vor langer Zeit eingestürzt ist.«
Kim verteilte die Werkzeuge. »Auf geht's! Am besten fangen wir vor dem Pavillon an und graben uns dann langsam nach hinten durch. Aber passt auf die Brennnesseln auf!« Sie begann mit der Hacke den Boden zu lockern.
Marie seufzte. »Hoffentlich lohnt sich der ganze Aufwand. Wenn wir den Schatz nicht finden, bin ich stinksauer.«
»Ein bisschen körperliche Arbeit hat noch niemandem geschadet.« Franzi setzte voller Energie den ersten Spatenstich. »Glaub mir, das hält fit!«

Eine Stunde später wischte sich Franzi den Schweiß von der Stirn. »Puh, ist das anstrengend!« Von ihrer anfänglichen Energie war nicht mehr viel zu merken.
»Ich hab schon Blasen an den Fingern«, jammerte Marie. »Ich brauche dringend eine Pause.« Mit letzter Kraft stieß sie

den Spaten in die Erde und ließ sich auf dem Betonfundament nieder, das Kim inzwischen von Unkraut und Wildwuchs befreit hatte.
Rund um den ehemaligen Pavillon sah es aus wie auf einem frisch gepflügten Acker. Sie hatten die Brennnesseln entfernt und sich einmal um den gesamten Pavillon gegraben. Gefunden hatten sie nichts – abgesehen von einigen Steinen und einer toten Maus.
Kim studierte zum hundertsten Mal die Karte. »Ich verstehe das nicht!«, murmelte sie. »Der Schatz muss einfach hier versteckt sein …«
»Ich fürchte, diesmal liegst du falsch«, sagte Franzi. »Hier ist nichts.«
Als Marie gerade vorschlagen wollte die Aktion abzubrechen, stutzte sie. Auf der anderen Seite des Zauns bewegte sich etwas. Oder nicht? In dem Dämmerlicht, das sich in der Zwischenzeit über den Garten gelegt hatte, war es nicht genau zu erkennen. »Pst!«, zischte sie. »Ich glaube, wir werden beobachtet.«
Aufmerksam starrten die Detektivinnen zum Nachbargarten.
»Hallo?«, rief Franzi schließlich. »Ist da jemand?«
Ein Schatten löste sich aus dem Dunkel unter den hohen Bäumen und eine Gestalt tauchte am Zaun auf. Marie atmete auf. Es war Antoine!
»Bonsoir«, begrüßte er die Mädchen. *»Ça va?«*
Marie runzelte die Stirn. »Was machst du hier?«, fragte sie statt einer Begrüßung. Sie strich sich eine verschwitzte Haarsträhne aus der Stirn und warf einen schnellen Blick auf ihre schmutzige Jeans, die erdigen Hände und den Dreck unter

ihren sonst so gepflegten Fingernägeln. Ein Wunder, dass Antoine sie in diesem Aufzug überhaupt erkannt hatte. Wahrscheinlich sah sie aus wie Aschenputtel persönlich. Sie unterdrückte den Impuls, augenblicklich die Flucht zu ergreifen. Die Detektivarbeit ging vor, da musste ihre Eitelkeit leider hintenanstehen.

»Ich wollte vor dem Schlafengehen noch ein bisschen frische Luft schnappen.« Antoine vergrub die Hände in den Hosentaschen und lehnte sich lässig gegen den Zaun. »Und was treibt ihr so?« Er nickte zu dem umgegrabenen Gartenstück hinüber. »Sucht ihr etwa einen Schatz?«

Marie zuckte zusammen. Dann bemerkte sie das Grinsen auf Antoines Gesicht und lachte etwas zu laut. »Scherzkeks! Was sollte hier schon vergraben sein? Nein, wir machen … äh …«

»Gartenarbeit«, kam Kim ihr zu Hilfe. »Es wird wirklich Zeit, dass sich jemand um diesen Wildwuchs kümmert.« Antoine musterte neugierig die Karte in ihrer Hand. Marie griff hastig danach und ließ das Dokument in ihrer Hosentasche verschwinden.

»Gartenarbeit um diese Zeit, das ist wirklich fleißig.« Antoine nickte anerkennend. »Ich gehe jetzt ins Bett. *Bonne nuit!*« Pfeifend verschwand er zwischen den Bäumen und sein fröhliches *Alouette* verklang allmählich in der Dunkelheit.

»Puh!« Marie atmete geräuschvoll aus. »Das war ganz schön knapp.«

»Ich habe fast einen Herzinfarkt gekriegt, als er gefragt hat, ob wir einen Schatz suchen.« Franzi kratzte sich an der Nase, wobei sie einen schwarzen Schmutzstreifen auf ihrer Wange hinterließ. »Glaubt ihr, er weiß etwas?«

Marie schüttelte heftig den Kopf. »Auf keinen Fall! Antoine interessiert sich überhaupt nicht für unsere Ermittlungen. Er war äußerst diskret, als ich ihm vom Detektivclub erzählt habe.«
»Leute, ich starte jetzt noch einen letzten Versuch.« Kim hob die Hacke. »Wenn wir hier auch nichts finden, erkläre ich die Mission für gescheitert und wir machen Feierabend.« Mit dem Mut der Verzweiflung rammte sie die Hacke in den Boden.
Marie erhob sich seufzend und griff nach dem Spaten, um in der aufgelockerten Erde nach was auch immer zu suchen. Das war doch alles völlig sinnlos! Sie wussten weder, ob es diesen mysteriösen Schatz überhaupt gab, noch, wo genau er sich befand …
»Moment mal!« Marie stutzte. Dann bückte sie sich, um etwas aufzuheben, das sie gerade mit dem Spaten zu Tage gefördert hatte.
»Hast du was gefunden?« Kim und Franzi kamen neugierig näher.
Marie drehte einen schmalen, länglichen Gegenstand hin und her. Er war völlig verdreckt. Als sie die Erde vorsichtig abkratzte, schimmerte es darunter hell, fast weiß. »Was zum Teufel ist das?«
»Sieht aus wie …« Kim schluckte. »Ein Knochen!«
»Was?« Vor Schreck ließ Marie das Ding beinahe fallen.
»Zeig her.« Franzi nahm ihr den unheimlichen Fund ab und untersuchte ihn fachmännisch. »Ein Knochen, eindeutig. Und zwar ein ziemlich großer.«
Marie wischte sich die Hände an ihrer Jeans ab. »Igitt, wie

widerlich! Und ich hab ihn angefasst!« Sie schüttelte sich vor Ekel.

Kim starrte den Gegenstand in Franzis Hand mit großen Augen an. »Glaubt ihr, der Knochen stammt von … einem Menschen?«

Franzi zögerte. »Schwer zu sagen. Groß genug wäre er auf alle Fälle.«

Maries Mund war plötzlich ganz trocken. Erst jetzt wurde ihr klar, was dieser Fund bedeutete. »Meinst du etwa, in unserem Garten ist eine Leiche vergraben?«

Franzi zuckte mit den Schultern. »Keine Ahnung. Ausschließen können wir es jedenfalls nicht. Sollen wir nach weiteren Knochen suchen?«

Kim dachte kurz nach, dann schüttelte sie den Kopf. »Lieber nicht. Falls hier wirklich ein Mensch begraben ist, würden wir nur wichtige Spuren verwischen, wenn wir auf eigene Faust weitergraben. Ich schlage vor, wir übergeben den Knochen gleich morgen Kommissar Peters. Er kann ihn von seinen Experten untersuchen lassen und alles Weitere veranlassen.«

Marie bekam eine Gänsehaut. Waren sie etwa versehentlich in einen Mordfall geraten? Mit Kapitalverbrechen hatten die drei !!! bisher noch nichts zu tun gehabt – und wenn es nach Marie ginge, konnte das auch ruhig so bleiben.

»Vielleicht sind hier gar keine gestohlenen Diamanten vergraben«, murmelte Franzi. »Vielleicht haben wir sämtliche Indizien falsch gedeutet und es geht in Wirklichkeit um eine versteckte Leiche!«

»Das wissen wir noch nicht.« Kim versuchte Ruhe auszustrahlen, aber ihre Stimme zitterte verdächtig. »Wir sollten keine voreiligen Schlüsse ziehen.« Sie griff nach ihrem Rucksack mit den Detektivutensilien und holte eine kleine Plastiktüte heraus. Franzi ließ den Knochen hineinfallen und Kim verschloss den Beutel sorgfältig. Dann zog sie eine Digitalkamera aus dem Rucksack und fotografierte die Fundstelle. »Morgen übergebe ich Kommissar Peters unseren Fund und anschließend sehen wir weiter.«

Marie versuchte die Panik zurückzudrängen, die sie bei dem Gedanken an eine Leiche in ihrem Garten überkam, und wie eine Detektivin zu denken. »Erzähl dem Kommissar lieber nichts von der Schatzkarte und den gestohlenen Diamanten«, sagte sie. »Das sollten wir vorerst für uns behalten.«

Kim nickte. »Okay, kein Problem. Ich behaupte einfach, wir sind bei der Gartenarbeit zufällig auf den Knochen gestoßen.« Sie griff nach ihrem Rucksack. »Ich bin todmüde. Lasst uns für heute Schluss machen.«

Franzi gähnte. »Gute Idee.«

Erschöpft marschierten die drei !!! über den mondbeschienenen Rasen zurück zum Gartenschuppen und räumten Hacke und Spaten weg. Sie verabschiedeten sich ohne große Worte voneinander und Franzi und Kim radelten durch die stille Straße davon.

Marie hatte eigentlich noch ein heißes Entspannungsbad nehmen wollen, aber nach dem anstrengenden Tag konnte sie sich nicht einmal mehr dazu aufraffen. Sie wusch sich nur schnell die Hände, putzte die Zähne und schlüpfte in ihr seidenes Lieblingsnachthemd. Dann fiel sie wie ein Stein in ihr Bett, streckte sich auf dem kühlen Laken aus, zog die Decke bis zum Kinn und war eingeschlafen, kaum dass ihr Kopf das Kissen berührt hatte.

Nachts schreckte Marie plötzlich auf. Sie atmete heftig und ihre Stirn war von kaltem Schweiß bedeckt. Sie hatte geträumt, jemand sei in ihrem Zimmer gewesen und hätte sich über ihr Bett gebeugt, während sie schlief. Marie schüttelte den Kopf, während sich ihr Puls langsam wieder normalisierte. Was für ein scheußlicher Albtraum! Gut, dass ihr Vater die Villa vor ihrem Einzug mit einer nagelneuen Alarmanlage hatte ausstatten lassen, da konnte so etwas in Wirklichkeit nie und nimmer passieren.
Marie wollte sich gerade wieder zurück in die Kissen sinken lassen, als sie ein Geräusch auf dem Flur hörte. Es war nur ein leises Knacken, aber in der Stille der Nacht klang es furchtbar laut. Und waren da nicht Schritte? Es hörte sich an, als würde jemand die Treppe hinunterschleichen.
Maries Herzschlag beschleunigte sich wieder. Sie warf einen schnellen Blick auf den Wecker neben dem Schlafsofa. Es war kurz nach Mitternacht. Maries Vater und Tessa mussten längst schlafen, genau wie Lina. War doch jemand im Haus? Ein Einbrecher vielleicht, der es auf Bargeld oder Schmuck abgesehen hatte? Marie schluckte. Keine Panik, versuchte sie sich selbst zu beruhigen. Wahrscheinlich hatte Tessa nur einen nächtlichen Fressflash und war auf dem Weg in die Küche, um den Kühlschrank zu plündern.
An Schlaf war unter diesen Umständen nicht zu denken. Marie wusste, sie würde erst wieder Ruhe finden, wenn sie sich vergewissert hatte, dass alles in Ordnung war. Leise stieg

sie aus dem Bett, nahm all ihren Mut zusammen und öffnete die Zimmertür. Das Haus lag in nächtlicher Stille und Dunkelheit. Lautlos wie ein Schatten huschte Marie über den Flur und schlich die Treppe hinunter, wobei sie die dritte Stufe von oben ausließ, weil diese bei der geringsten Berührung knarrte.
Kein Lichtschein drang aus dem Esszimmer, auch hier war alles dunkel. Die Arbeitsfläche des Küchenblocks glänzte im Mondschein und Tessa war nirgendwo zu sehen. Marie kontrollierte schnell den angrenzenden Wohnbereich. Die weiße Sofalandschaft lag friedlich im Mondschein, kein Fenster war eingeschlagen worden, keine Tür aufgebrochen. Marie atmete auf. Offenbar hatten ihr ihre Sinne einen Streich gespielt. Vermutlich war sie noch so sehr in ihrem Traum gefangen gewesen, dass sie sich die unheimlichen Geräusche eingebildet hatte.
Marie wollte sich gerade umdrehen und zurück ins Bett gehen, als sie durch das hohe Wohnzimmerfenster eine Bewegung im Garten wahrnahm. Dort war jemand! Mit einem Satz war sie bei der Terrassentür, öffnete sie so leise wie möglich und lief hinaus. Sie ließ ihren Blick über den Garten schweifen, der von einem fast vollen Mond in silbriges Licht getaucht wurde. Da! Ein Schatten huschte zwischen den Bäumen entlang. Für eine Katze oder ein anderes nachtaktives Tier war er eindeutig zu groß. Marie blieb keine Zeit zum Überlegen. Ohne auch nur einen Gedanken daran zu verschwenden, dass sie sich möglicherweise in große Gefahr begab, spurtete sie los.
Ihre nackten Füße bewegten sich beinahe lautlos über das

taufeuchte Gras und der Nachtwind bauschte ihr Nachthemd auf. Doch der nächtliche Eindringling war unglaublich schnell. Als Marie die Rasenfläche überquert hatte, war er bereits im Gebüsch verschwunden. Sie hörte nur noch ein leises Rascheln, dann war es wieder still.

Marie fluchte leise und rieb sich fröstelnd die Arme. Ihr seidenes Nachthemd war eindeutig nicht die richtige Bekleidung für eine kühle Mainacht. Sie wartete noch einen Moment und scannte mit ihrem Blick die dicht stehenden Büsche, aber es regte sich nichts mehr. Der ungebetene Besucher, wer auch immer es gewesen war, war vermutlich in den Nachbargarten geflüchtet. Es war sinnlos, ihn weiter zu verfolgen.

Erst jetzt wurde Marie klar, was alles hätte passieren können, wenn sie ihn tatsächlich erwischt hätte, und ihr wurde noch etwas kälter. Ihre Knie fühlten sich plötzlich weich an und sie beeilte sich wieder ins Haus zu kommen. Zurück im Wohnzimmer verriegelte sie sorgfältig die Terrassentür. Warum war eigentlich die Alarmanlage nicht angesprungen, als sie die Tür geöffnet hatte? Das konnte nur eins bedeuten …

Marie tapste in den Flur, wo sich in einem unauffälligen Kasten an der Wand neben der Haustür die Schaltzentrale der Alarmanlage befand. Sie öffnete das Türchen, warf einen Blick in den Kasten und seufzte. Die Alarmanlage war nicht aktiviert! Ihr Vater musste mal wieder vergessen haben sie vor dem Schlafengehen anzuschalten.

»Mensch, Papa«, murmelte Marie. »Du bist ein echter Schussel!«

Sie schlich zurück in ihr Zimmer und kroch ins Bett. Tau-

send Gedanken schwirrten durch ihren Kopf und ließen ihr einfach keine Ruhe. War tatsächlich ein Einbrecher im Haus gewesen? Hatte er es auf die Diamanten abgesehen? Wusste außer den drei !!! noch jemand von Anton von Steins Schatzkarte? Aber wer? Ein geheimer Komplize? Oder war Anton von Stein höchstpersönlich gekommen, um seine Beute nach all den Jahren endlich zu holen?
Es dauerte lange, bis Marie in dieser Nacht wieder einschlafen konnte.

Ein Rückschlag und sensationelle Neuigkeiten

Am nächsten Morgen hatte Marie Mühe, aus dem Bett zu kommen. Das Klingeln ihres Weckers riss sie aus dem Tiefschlaf, in den sie nach der nächtlichen Verfolgungsjagd und den anschließenden fruchtlosen Grübeleien irgendwann endlich gefallen war. Am liebsten hätte sie sich einfach die Decke über den Kopf gezogen und weitergeschlafen. Aber das ging leider nicht. Sie musste in die Schule. Dass sie über Nacht plötzlich krank geworden war, würde ihr Vater ihr garantiert nicht abnehmen. Auch wenn Marie eine hervorragende Schauspielerin war – ihrem Vater konnte sie nichts vormachen, er durchschaute sie immer.

Gähnend quälte Marie sich aus dem Bett. Wenigstens war heute Freitag. Sie musste nur den Vormittag irgendwie überstehen, dann war Wochenende. Mit halb geschlossenen Augen tapste sie zu ihrem Schreibtischstuhl, über den sie gestern nachlässig ihre Klamotten geworfen hatte. Die Jeans konnte sie allerdings nicht mehr anziehen, sie war viel zu dreckig. Automatisch ging Marie die Taschen durch, bevor sie die Hose zur schmutzigen Wäsche gab. Sie zog ein benutztes Taschentuch hervor und warf es in den Müll, ansonsten waren die Taschen leer.

Marie stutzte. Irgendetwas stimmte nicht. Aber was? Ihr übermüdetes Gehirn brauchte einen Moment, bis es die nötigen Zusammenhänge hergestellt hatte. Die Schatzkarte! Plötzlich war Marie hellwach. Sie hatte das zusammengefaltete

Papier in der rechten hinteren Hosentasche verstaut, nachdem sie es Kim gestern im Garten aus der Hand genommen hatte. Sie war sich hundertprozentig sicher. Aber jetzt war nichts mehr in der Tasche, abgesehen von ein paar Fusseln und etwas Sand. War die Karte herausgefallen?
Hektisch suchte Marie neben, unter und hinter dem Schreibtisch – nichts. Sicherheitshalber sah sie auch im Bad und im Flur nach, aber die Karte blieb verschwunden. Marie kehrte in ihr Zimmer zurück und sank auf die Bettkante. So ein Mist! Wo war die Karte geblieben? Sie konnte sich doch nicht einfach in Luft aufgelöst haben …
Ein schrecklicher Verdacht schlich sich in Maries Bewusstsein. Was, wenn ihr Albtraum letzte Nacht gar kein Traum gewesen war? Was, wenn wirklich jemand neben ihrem Bett gestanden und sie angeschaut hatte? Jemand, der nach der Schatzkarte gesucht und sie offensichtlich auch gefunden hatte.
Marie bekam eine Gänsehaut. Was für ein unheimlicher Gedanke! Selbst jetzt im hellen Morgenlicht wurde ihr bei der Vorstellung noch ganz mulmig zu Mute. Aber es gab keine andere Erklärung: Die Karte war gestohlen worden. Die drei !!! hatten Konkurrenz bekommen. Ein Phantom, das lautlos in der Nacht auftauchte und wieder verschwand. Ein Schatten, der es auf den Schatz abgesehen hatte. Irgendwo saß jetzt jemand, der sich diebisch über den gelungenen Coup freute und plante, wie er den Schatz am besten heben konnte. Wenn die drei !!! ihm zuvorkommen wollten, mussten sie so schnell wie möglich handeln.
Marie zückte ihr Handy und schickte Franzi und Kim eine

SMS, um für den Nachmittag ein außerplanmäßiges Clubtreffen im Hauptquartier einzuberufen. Was sie jetzt brauchten, war ein richtig guter Plan.
Kaum hatte sie die Nachricht an die beiden abgeschickt, piepte ihr Handy. Aber es war keine superschnelle Antwort ihrer Freundinnen, sondern eine Erinnerung, die sie selbst vor ein paar Tagen eingerichtet hatte:

NICHT VERGESSEN: Freitag vor der Schule joggen mit Holger!!!

Marie stöhnte. Auch das noch! Die Verabredung zum Joggen hatte sie völlig verdrängt. Es war einfach zu viel los gewesen. Und jetzt war es zu spät, um abzusagen. Holger war bestimmt schon losgelaufen. Wenn er nach ihrem unglücklichen Zusammentreffen in der *Chocolaterie* überhaupt kommen würde. Seine Abschiedsworte klangen Marie noch in den Ohren.
Bis irgendwann mal …
Andererseits war Holger sehr zuverlässig. Er hätte sich bestimmt gemeldet, wenn er keine Lust auf ihre Morgenrunde gehabt hätte.
Seufzend erhob sich Marie. Sie eilte ins Bad, um sich ein bisschen frisch zu machen, bevor sie in ihre halblange Laufhose und das Sportshirt schlüpfte, die Laufschuhe anzog und die Treppe hinuntereilte.
Als sie durch die große Eingangshalle lief, tauchte ihr Vater in der geöffneten Tür zum Esszimmer auf. Er trug eine karierte Schürze und hielt einen Pfannenwender in der Hand.

»Willst du gar nicht frühstücken?«, fragte er. »Es gibt Spiegeleier mit Speck!«
»Später«, antwortete Marie. »Ich bin mit Holger zum Joggen verabredet.« Sie band sich schnell die Haare zu einem Pferdeschwanz.
Herr Grevenbroich nickte anerkennend. »Das nenne ich sportlich! Grüß Holger schön von mir.«
»Mach ich.« Da fiel Marie etwas ein. »Übrigens hast du gestern Abend mal wieder vergessen die Alarmanlage einzuschalten. Ich hab es zufällig gesehen, als ich nachts noch mal unten war, um mir etwas zu trinken zu holen.« Instinktiv hatte Marie beschlossen ihrem Vater nichts von dem nächtlichen Besucher zu erzählen. Bestimmt würde Tessa darauf bestehen, die Polizei einzuschalten, was die Ermittlungen der drei !!! ziemlich verkomplizieren könnte. Marie war zwar nicht ganz wohl bei dem Gedanken, den unheimlichen Zwischenfall vor ihrem Vater zu verheimlichen, aber mit etwas Glück würden sie das Phantom sowieso bald entlarven.
Herr Grevenbroich schüttelte den Kopf. »Das kann nicht sein! Ich weiß ganz genau, dass ich die Alarmanlage aktiviert habe, bevor ich ins Bett gegangen bin.«
»Und warum war sie dann aus, als ich nach unten gekommen bin?«
Maries Vater zuckte mit den Schultern. »Keine Ahnung. Vielleicht hast du nicht richtig hingeschaut.«
Aber Marie hatte richtig hingesehen, das wusste sie mit hundertprozentiger Sicherheit. Ehe sie das Thema vertiefen konnte, stieg ihr ein scheußlicher Gestank in die Nase. Ihr Vater hatte ihn auch bemerkt.

»Die Spiegeleier!«, rief er und stürzte in die Küche. »So ein Mist, jetzt sind sie angebrannt«, hörte Marie ihn jammern.
»Bis später!«, rief sie und verließ eilig das Haus.
Während Marie zügig die Straße hinunterjoggte, ging ihr die Sache mit der Alarmlage nicht aus dem Kopf. Etwas merkwürdig war es schon, dass ihr Vater steif und fest behauptete die Anlage eingeschaltet zu haben. Andererseits war er als Künstler manchmal nicht ganz von dieser Welt. Sicher erinnerte er sich falsch und hatte den gestrigen Abend mit irgendeinem anderen verwechselt. Genau, so musste es sein!
Beruhigt bog Marie um die Ecke und erhöhte das Tempo, um den Treffpunkt noch rechtzeitig zu erreichen.

»WAS?«, rief Kim. Auch Franzi starrte Marie ungläubig an.
Es war kurz nach drei Uhr am Freitagnachmittag. Die drei !!! saßen um den runden Tisch im Hauptquartier, das sich im ehemaligen Pferdeschuppen neben Franzis Haus befand. Der kleine Raum war richtig gemütlich geworden, nachdem die Detektivinnen ihn entrümpelt, gründlich geputzt und mit verschiedenen alten Möbeln eingerichtet hatten. Hier konnten sie sich jederzeit treffen und ungestört geheime Ermittlungsstrategien besprechen.
Marie biss sich auf die Unterlippe. Gerade hatte sie Kim und Franzi eröffnet, dass die Karte gestohlen worden war. Die beiden sahen genauso schockiert aus, wie sie sich heute Morgen gefühlt hatte. »Es tut mir leid«, sagte sie leise. »Ich hätte die Karte nicht in meiner Hosentasche lassen dürfen, sondern sie besser verstecken müssen. Aber ich war gestern Abend nach

unserer Gartenaktion so müde, dass ich überhaupt nicht daran gedacht habe. Ich wollte einfach nur ins Bett …«

»Mach dir nichts draus, das hätte jedem passieren können«, sagte Kim beruhigend. »Du konntest schließlich nicht wissen, dass ausgerechnet in dieser Nacht ein Einbrecher in euer Haus schleichen würde. Zum Glück hab ich ja eine Kopie der Karte angefertigt, als ich versucht habe die zweite Hälfte zu rekonstruieren.«

»Ein Gutes hat die Sache jedenfalls«, sagte Franzi, die wie immer positiv dachte. »Jetzt wissen wir mit Sicherheit, dass noch jemand hinter dem Schatz her ist.« Sie schenkte Pfefferminztee nach, der den Raum sofort mit seinem frischen Duft erfüllte.

Marie nickte. »Und zwar ein ziemlich dreister Einbrecher, der offenbar vor nichts zurückschreckt …« Ihr wurde immer noch flau im Magen, als sie daran dachte, dass dieser skrupellose Unbekannte letzte Nacht in ihrem Zimmer gewesen war, während sie friedlich geschlafen hatte.

»Aber wer könnte es sein?«, überlegte Kim laut. »Und woher weiß er überhaupt von der Karte?«

»Dafür gibt es eigentlich nur eine Erklärung«, sagte Marie langsam. »Das Phantom ist im Besitz der anderen Kartenhälfte. Was meint ihr, könnte es Anton von Stein höchstpersönlich sein?«

Franzi zuckte mit den Schultern. »Warum nicht? Möglich ist alles. Obwohl es schon etwas merkwürdig ist, dass er erst jetzt nach dem Schatz sucht.«

»Und wenn Frau Metzler doch mehr weiß, als sie zugibt?« Kim nippte nachdenklich an ihrem Pfefferminztee. »Vielleicht hat sie die Karte gestohlen, damit wir nicht an den Schatz herankommen.«

»Ich weiß nicht …« Marie konnte sich nicht vorstellen, dass die freundliche alte Dame so hinterhältig war.

»Wir dürfen keine Möglichkeit außer Acht lassen«, sagte Franzi. »Und da Anton von Stein nicht greifbar ist, schlage ich vor, dass wir Frau Metzler noch einen Besuch abstatten.«

Kim nickte. »Gute Idee! Am besten brechen wir sofort auf. Wenn der Einbrecher jetzt tatsächlich im Besitz beider Kartenhälften ist, kann er den Schatz jederzeit heben.«

Marie trank eilig ihren Tee aus. »Na gut, von mir aus. Schaden kann es sicherlich nicht, Frau Metzler ein zweites Mal auf den Zahn zu fühlen.«

Die drei !!! räumten schnell den Tisch ab und verließen das Hauptquartier. Als sie das Tablett mit dem Geschirr in die Küche brachten, trafen sie auf Frau Winkler, die gerade die Spülmaschine ausräumte.

»Du bist schon wieder aus dem Krankenhaus zurück?«, fragte Franzi überrascht und stellte das Tablett auf der Arbeitsplatte ab.

Frau Winkler nickte. »Papa hat heute früher in der Praxis Schluss gemacht und mich abgelöst. Ich muss mich dringend mal wieder um den Haushalt kümmern. Hier sieht es aus wie Kraut und Rüben, seit Oma Lotti im Krankenhaus ist.«

Marie fiel auf, wie blass Franzis Mutter war. Man sah ihr an, dass sie in den letzten Nächten nicht viel geschlafen hatte.

»Wie geht es Oma Lotti denn?«, erkundigte sich Kim. »Gibt es etwas Neues?«

Frau Winkler schüttelte den Kopf. »Nicht wirklich. Aber

die Ärzte sind zuversichtlich, dass sie bald wieder zu Bewusstsein kommt. Inwieweit sie sich von dem Schlaganfall erholen wird, kann allerdings noch niemand sagen.« Sie seufzte. »Auch ob Oma Lotti jemals in ihr geliebtes Haus nach Billershausen zurückkehren kann, steht völlig in den Sternen.«
»Aber wo soll sie denn sonst leben?«, fragte Franzi alarmiert.
Frau Winkler strich ihrer Tochter über den Kopf. »Das weiß ich auch noch nicht. Aber mach dir keine Sorgen, wir werden schon eine Lösung finden, wenn es so weit ist.« Sie wechselte das Thema. »Wollt ihr noch weg?«
Franzi nickte. »Wir nehmen den Bus in die Stadt. Zum Abendessen bin ich zurück.«
»Prima, viel Spaß«, sagte Frau Winkler zerstreut. Offenbar war sie in Gedanken immer noch bei ihrer Schwiegermutter.
Die drei !!! verabschiedeten sich schnell und machten sich auf den Weg.

»Hast du den Knochen eigentlich schon bei Kommissar Peters abgegeben?«, erkundigte sich Franzi, als sie nebeneinander im Bus saßen.
Kim schlug sich mit der flachen Hand gegen die Stirn. »Stimmt ja, das wollte ich euch noch erzählen! Vor lauter Aufregung um die gestohlene Karte hab ich das glatt vergessen.« Sie setzte sich aufrecht hin. »Ich bin auf dem Weg zum Clubtreffen vorhin im Polizeipräsidium vorbeigefahren. Kommissar Peters war zum Glück sofort zu sprechen. Er war ganz schön überrascht, als ich ihm den Plastikbeutel mit dem Knochen auf den Tisch gelegt habe.«

Marie kicherte. »Kann ich mir vorstellen! Und was hat er gesagt?«
»Als Allererstes wollte er natürlich wissen, wo wir den Knochen herhaben«, berichtete Kim. »Ich hab ihm die Geschichte mit der Gartenarbeit erzählt und ich glaube, er hat sie mir auch abgekauft. Er war sogar ziemlich beeindruckt, dass wir deinem Vater so eifrig im Garten helfen.« Sie lachte. »Jedenfalls wird er den Knochen ins Labor schicken und dort untersuchen lassen. In ein paar Tagen wissen wir hoffentlich mehr.«
»Sehr gut!« Franzi lehnte sich in ihrem Sitz zurück. »Sag mal, Marie, wie läuft's eigentlich mit Holger?«, erkundigte sie sich. »Ist er immer noch eifersüchtig auf Antoine oder hat er sich inzwischen beruhigt?«
Marie seufzte. Das war so ziemlich das letzte Thema, über das sie jetzt reden wollte. Am liebsten hätte sie es vollständig verdrängt. Sie hatte ihren Freundinnen gestern zwar kurz von ihrem verpatzten Date mit Antoine erzählt, aber was heute früh beim Joggen geschehen war, wusste bisher noch niemand – außer ihr selbst und Holger. »Nein, er hat sich leider kein bisschen beruhigt«, gab sie schließlich zu. »Im Gegenteil, heute Morgen haben wir uns beim Laufen total gestritten.«
»Tatsächlich?«, fragte Kim überrascht. »Warum denn?«
»Holger wollte wissen, was zwischen mir und Antoine läuft«, berichtete Marie. »Er war richtig aggressiv. Meine Nerven lagen sowieso schon blank wegen der gestohlenen Karte. Da bin ich einfach ausgetickt. Ich hab ihn angeschnauzt, dass ihn das gar nichts angeht. Ist doch meine Angelegenheit, mit

wem ich flirte! Holger ist weder mein offizieller Freund noch mein Anstandswauwau.«

»Das ist hart«, stellte nüchtern Franzi fest. »Wie hat er reagiert?«

Marie starrte auf die hellen Lederstiefel, die sie letzte Woche in ihrer Lieblingsboutique gekauft hatte. »Er ist total beleidigt abgehauen. Den Rest der Runde musste ich alleine laufen.«

»Ehrlich gesagt wundert mich das nicht«, sagte Kim vorsichtig. »Ich wäre an Holgers Stelle auch sauer gewesen.«

»Na ja, vielleicht hab ich tatsächlich etwas überreagiert«, lenkte Marie ein. »Ich muss mich eben erst an die neue Nähe zu Holger gewöhnen. Außerdem war die letzte Nacht ziemlich stressig.«

»Warum sagst du das Holger nicht genau so?«, schlug Kim vor. »Am besten, ihr sprecht euch so schnell wie möglich aus, dann ist bestimmt alles wieder in Butter.«

»Hoffentlich …«, murmelte Marie.

»Wir sind da!« Franzi sprang auf, als der Bus bremste.

Die drei !!! waren so in ihr Gespräch vertieft gewesen, dass sie fast die richtige Haltestelle verpasst hätten. Schnell stiegen sie aus und legten den kurzen Weg zum Seniorenstift zurück. Zum zweiten Mal standen sie vor dem hohen, schmiedeeisernen Tor, hinter dem sich das altehrwürdige Altenheim erhob.

»Auf geht's!« Kims Augen blitzten unternehmungslustig. »Bald werden wir wissen, ob Frau Metzler hinter dem Einbruch in der Villa steckt oder nicht.«

Detektivtagebuch von Kim Jülich
Freitag, 19:07 Uhr

Was für ein Tag! Erst die Clubsitzung im Hauptquartier, wo Marie uns eröffnet hat, dass jemand die alte Karte aus ihrem Zimmer gestohlen hat, dann der Besuch im Seniorenstift, bei dem wir sensationelle Neuigkeiten erfahren haben. Aber ich erzähle besser alles der Reihe nach.

Frau Metzler hat sich sehr gefreut uns wiederzusehen. Offenbar bekommt sie tatsächlich kaum Besuch und ist dankbar für jede Abwechslung. Sie hat uns wie beim letzten Mal mit Tee und Keksen bewirtet, richtig nett!

Um die alte Dame nicht unnötig aufzuregen, haben wir sie nicht direkt mit unserem Verdacht konfrontiert, sondern uns vorsichtig nach ihrem Alibi erkundigt. Frau Metzler hat auch gleich ganz begeistert erzählt, dass sie gestern an einem Bingo-Abend im Seniorenstift teilgenommen hat. Die Veranstaltung begann um acht Uhr abends und ging bis zwei Uhr morgens. Wer hätte gedacht, dass die alten Leutchen so lange durchhalten? Wir haben das Alibi überprüft, die Empfangsdame hat die Zeiten bestätigt. Damit ist Frau Metzler entlastet!

Außerdem ist mir vorhin wieder aufgefallen, wie schlecht die alte Dame mit ihrem Hüftleiden gehen kann. Der Einbrecher hingegen war laut Maries Schilderungen ausgesprochen schnell und wendig. Keine Ahnung, warum wir nicht gleich daran gedacht haben …

Aber der Besuch im Stift war trotzdem sehr informativ. Denn Frau Metzler ist seit unserem letzten Besuch ein wichtiges Detail eingefallen: Anton von Stein ist in den Sechzigerjahren doch noch einmal für kurze Zeit in die Stadt zurückgekehrt! Er stand

eines Tages plötzlich und unangemeldet vor Frau Metzlers Tür. Sie war zu der Zeit Ende zwanzig und seit mehreren Jahren verheiratet.
Sie hat sich noch daran erinnert, dass ihr der Besuch eigentlich ziemlich ungelegen kam, weil ihr kleiner Sohn krank war und die Villa außerdem gerade renoviert wurde. Ihr Mann, ein wohlhabender Bankier, wollte einige Veränderungen vornehmen lassen, nachdem sie die Villa von Hildegard Metzlers verstorbenem Vater geerbt hatten. Bei der Gelegenheit wurden nicht nur die Tapeten erneuert, sondern auch der Springbrunnen vor dem Haus installiert.
Frau Metzler meinte, Anton habe sich bei diesem letzten Besuch ziemlich merkwürdig verhalten. Er habe irgendwie gehetzt und nervös gewirkt und sei wie ein eingesperrtes Tier im Wohnzimmer hin und her getigert. Über sein Leben im Ausland habe er auch kaum etwas erzählt. Als Frau Metzlers Mann nach Hause kam, hat er sich eilig verabschiedet und ist verschwunden. Seitdem hat Frau Metzler ihn nie wiedergesehen.
Nach einigem Hin und Her hat sich die alte Dame sogar an das genaue Jahr des Besuchs erinnert. Ich habe es mit den Zeitangaben in dem Zeitungsartikel verglichen, den ich im Internet gefunden habe. Es passt alles zusammen! Kurz nachdem Frau Metzler Besuch von Anton von Stein bekommen hatte, wurde er in Frankreich verhaftet.
Wir sind uns jetzt ganz sicher, dass Frau Metzler nichts mit den gestohlenen Diamanten zu tun hat. Vermutlich hat Anton von Stein die Karte bei seinem Besuch in einem unbeobachteten Moment selbst hinter der Tapete deponiert und die Diamanten irgendwo im Haus oder im Garten versteckt. Er wusste, dass ihm

die Polizei dicht auf den Fersen ist, und wollte die Beute in Sicherheit bringen.
Wer die Kartenhälfte aus Maries Zimmer gestohlen hat, wissen wir zwar immer noch nicht, aber wir rechnen damit, dass der große Unbekannte bald aufkreuzen wird, um die Diebesbeute zu heben. Wahrscheinlich kommt er nachts, im Schutz der Dunkelheit. Darum wollen wir uns gleich heute in Maries Garten auf die Lauer legen. Zum Glück ist Freitag, da können Franzi und ich ohne Probleme bei Marie übernachten. Jetzt muss ich nur noch schnell meine Sachen packen und zu Marie düsen, dann kann die Überwachungsaktion beginnen!

Der große Unbekannte

»Möchte jemand ein Stück Schokolade?«
Es knisterte leise, als Kim das Silberpapier von einer Tafel Nussschokolade wickelte.
»Pst!«, machte Franzi. »Oder willst du, dass der große Unbekannte uns schon zehn Meter gegen den Wind hört?«
»Der kommt bestimmt erst, wenn es komplett dunkel ist.« Seelenruhig reichte Kim die Schokolade herum.
Die drei !!! hatten nach einigem Hin und Her das perfekte Versteck gefunden. Sie saßen hinter einem dichten Rhododendron-Gebüsch, das sich direkt neben der Villa befand. Durch eine kleine Lücke zwischen den Zweigen hatten sie einen perfekten Blick auf den Garten, wurden aber selbst nicht gesehen.
»Danke!« Marie nahm sich ein Stück Schokolade und ließ es sich genüsslich auf der Zunge zergehen. »Toll, dass du an Proviant gedacht hast.«
Kim grinste. »Ich gehe nie ohne eine Notfallration Schokolade aus dem Haus, das solltest du eigentlich inzwischen wissen.« Sie kramte in ihrem Rucksack. »Ich hab auch eine Thermoskanne mit heißem Kräutertee, eine Tüte Gummibärchen und eine Packung Kekse dabei. Sagt einfach Bescheid, wenn ihr etwas möchtet.«
»Prima!« Franzi lachte. »Dann werden wir zumindest nicht verhungern.«
Marie nahm das Fernglas, das sie vorsorglich mitgenommen hatte, und scannte den Garten. Die Sonne war bereits unter-

gegangen und am Himmel leuchtete ein letzter zartrosa Streifen. Die Dämmerung senkte sich unaufhaltsam über das Ostviertel. In den hinteren Ecken des Gartens und zwischen den dichten Büschen lauerte bereits die Dunkelheit. »Noch ist alles ruhig.« Marie ließ das Fernglas wieder sinken. »Hoffentlich müssen wir nicht die ganze Nacht hier sitzen.«

»Also, ich finde es eigentlich ganz gemütlich«, behauptete Kim. Sie goss heißen Tee in drei Plastikbecher und verteilte sie. »Falls es zu kalt werden sollte, kuscheln wir uns einfach in meinen Schlafsack.« Sie deutete auf ein zusammengeschnürtes Päckchen, das neben ihrem Rucksack auf dem Boden lag.

Während der nächsten Stunden nippten die Detektivinnen an ihrem Tee und beobachteten abwechselnd durch das Fernglas den Garten. Der Himmel wurde immer dunkler und die ersten Sterne leuchteten auf. Es war eine wolkenlose Nacht. Der Mond hockte wie eine übergroße Apfelsine in den Baumkronen und ergoss sein silbriges Licht in den stillen Garten. Nichts bewegte sich. Nichts war zu hören. Nur das leise Geräusch des Fernsehers drang durch das gekippte Wohnzimmerfenster hinaus. Irgendwann verstummte auch das. Die Lampen im Haus erloschen.

»Papa und Tessa gehen schlafen«, flüsterte Marie. »Jetzt wird es spannend!« Sie fröstelte. Es war tatsächlich ziemlich kalt geworden. Zum Glück trug sie diesmal nicht ihr dünnes Nachthemd, sondern eine Strickjacke aus kuscheligem Kaschmir.

Kim, die ebenfalls zu frieren schien, packte ihren Schlafsack aus und breitete ihn über sich und ihre Freundinnen. Die

Detektivinnen rückten näher zusammen, um sich gegenseitig warm zu halten.
»Hoffentlich kommt der große Unbekannte bald.« Franzi klapperte trotz Schlafsack mit den Zähnen. »Sonst gefriere ich zu einem Eiswürfel.«
Kim kicherte. »Keine Sorge, wir stellen dich einfach vor den Kamin und tauen dich wieder auf.«
Marie hatte das Fernglas wieder vor die Augen genommen. Es war gar nicht so leicht, in der Dunkelheit etwas zu erkennen. Wie ärgerlich, dass sie immer noch kein Nachtsichtgerät besaßen! Marie beschloss bei nächster Gelegenheit eins anzuschaffen. Plötzlich stutzte sie. »Da ist was!«, zischte sie.
Kim hörte augenblicklich auf zu kichern und schaltete um auf professionelle Detektivin. »Was hast du gesehen?«, flüsterte sie.
»Ich weiß nicht …« Angestrengt starrte Marie durch das Fernglas. »Da war gerade eine Bewegung zwischen den Büschen, aber jetzt ist alles ruhig.« Sie ließ das Gebüsch nicht aus den Augen, doch es regte sich nichts mehr.
»Vielleicht war es der Wind«, überlegte Franzi.
Kim schüttelte den Kopf. »Das kann nicht sein, es ist doch völlig windstill heute Nacht.« Sie zuckte zusammen, als ganz in der Nähe ein Knacken ertönte.
Franzi und Marie hatten es auch gehört. Die Detektivinnen hielten den Atem an. Schlich der Unbekannte in den Büschen herum? Würde er sich gleich zeigen, um den Schatz zu heben? Oder hatte er bemerkt, dass er beobachtet wurde, und trat den Rückzug an?
Als Marie gerade meinte die Spannung nicht länger aushal-

ten zu können, raschelte es über ihren Köpfen und lautes Flügelschlagen war zu hören. Kim schrie leise auf und Maries Herz schlug bis zum Hals.
»Was war das?«, zischte Franzi, die als Einzige relativ ruhig blieb.
»Keine Ahnung.« Maries Stimme klang rau. »Vielleicht eine Fledermaus.«
»Igitt!« Kim schauderte. »Was, wenn sie es auf unser Blut abgesehen hat?«
Auch Marie musste an die blutsaugenden Fledermäuse denken, mit denen sie es bei einem vergangenen Fall zu tun gehabt hatten. Sie bekam eine Gänsehaut.
»Quatsch!« Franzi schüttelte den Kopf. »Der Gemeine Vampir fällt nur ganz selten Menschen an. Er beißt meistens Rinder, Pferde oder Esel. Außerdem ist diese Vampirfledermausart in Süd- und Mittelamerika beheimatet.« Franzi hatte ein ausgezeichnetes Gedächtnis, wenn es um Informationen über Tiere ging.
Maries Herzschlag normalisierte sich wieder. Franzi hatte natürlich völlig Recht. Es war Marie etwas unangenehm, dass sich ihr Verstand vor lauter Panik kurzzeitig ausgeschaltet hatte. Sie gab das Fernglas an Franzi weiter und rieb sich die kalten Hände. Gerade wollte sie Kim um einen Schluck heißen Tee aus der Thermoskanne bitten, da krallte Franzi plötzlich ihre Finger in Maries Arm.
»Da!«, flüsterte sie. »Da ist jemand!«
»Wo?« Marie bog vorsichtig einen Zweig zur Seite, um besser sehen zu können.
»Dort drüben beim Zaun«, zischte Franzi.

Jetzt sah Marie es auch. Der Schatten, der zwischen den Büschen hindurchglitt, war selbst mit bloßem Auge gut zu erkennen. Er bewegte sich lautlos und ziemlich schnell.
»Der große Unbekannte!«, hauchte Kim.
Die Detektivinnen beobachteten gebannt, wie die Gestalt durch den Garten schlich. Sie trug dunkle Klamotten und eine tief ins Gesicht gezogene Kapuze. Dies war eindeutig kein nächtlicher Spaziergänger, der sich zufällig in Maries Garten verirrt hatte. Dieser Besucher schien ganz gezielt etwas zu suchen. Den Schatz!
»Los, den schnappen wir uns«, wisperte Franzi.
Kim und Marie nickten. Lautlos krochen die Detektivinnen aus dem Gebüsch. Gebückt schlichen sie an der Hauswand entlang, immer darauf bedacht, im Schutz des Schattens zu bleiben. Die Zielperson bewegte sich inzwischen auf die Vorderseite der Villa zu. Jetzt wurde es kritisch, denn die drei !!! mussten die schützende Fassade verlassen und über den Rasen laufen. Geschickt arbeiteten sie sich von Baum zu Baum vor. Marie war so darauf bedacht, kein Geräusch zu verursachen, dass sie kaum Zeit hatte, um Angst zu bekommen. Ihr ganzer Körper vibrierte vor Anspannung. Gleich würden sie wissen, wer es auf den Schatz abgesehen hatte!
Doch als Franzi gerade das Zeichen zum Zugriff gab, trat Kim auf einen Zweig, der versteckt im hohen Gras auf dem Boden lag. Das Knacken klang wie ein Schuss in der Stille der Nacht. Marie zuckte zusammen. Auch der unbekannte Eindringling blieb wie erstarrt stehen. Er richtete sich auf und sah sich hektisch um. Marie presste sich gegen den Baumstamm, hinter dem sie gerade Deckung gesucht hatte,

und hoffte in der Dunkelheit mit der rauen Rinde zu verschmelzen. Aber offenbar hatte der Verdächtige trotzdem etwas bemerkt. Denn plötzlich kam Leben in ihn und er ergriff die Flucht. Im Bruchteil einer Sekunde war er zwischen den Büschen verschwunden.

»Hinterher!«, zischte Franzi.

Die Detektivinnen gaben ihre Tarnung auf und rannten los. Sie schlugen sich in die Büsche, aber es war gar nicht so leicht, in dem dichten Gestrüpp jemanden zu verfolgen.

»Wo ist er?«, keuchte Kim.

»Dort drüben!« Marie zeigte nach links. »Er läuft zum Zaun!« Sie erhöhte das Tempo, ohne darauf zu achten, dass ihr die Zweige ins Gesicht schlugen und an ihren Kleidern zerrten, als wollten sie sie absichtlich aufhalten. Jetzt tauchte die Gestalt hinter einem Baum auf. Sie stolperte und fiel beinahe hin. Bis sie ihr Gleichgewicht wiedergefunden hatte, vergingen wertvolle Sekunden. Marie holte auf. Sie sprang über Baumwurzeln, trampelte Brennnesseln nieder und erreichte den Verdächtigen, als er gerade über den Zaun in den Nachbargarten fliehen wollte.

»Hiergeblieben!« Mit einem Satz war Marie bei ihm und riss ihn vom Zaun. Beide landeten auf dem Boden. Marie versuchte den Unbekannten festzuhalten, aber er wehrte sich mit Händen und Füßen. Zum Glück waren Kim und Franzi sofort zur Stelle. Sie warfen sich auf den Verdächtigen und mit vereinten Kräften gelang es ihnen, ihn am Boden zu fixieren. Marie saß auf seinem Rücken, Kim und Franzi hielten seine Beine fest.

»Jetzt will ich aber endlich wissen, mit wem wir es zu tun

haben.« Mit einem Ruck riss Marie dem Verdächtigen die Kapuze herunter. Sie erstarrte. »Du?«

Kurze Zeit später hatten sich die drei !!! in Maries offener Wohnküche versammelt. Marie stand am Küchenblock und kochte heißen Kakao, damit sich alle Beteiligten erst einmal aufwärmen konnten.

Es war inzwischen weit nach Mitternacht. Draußen drückte die Dunkelheit gegen die Fenster, aber drinnen verbreitete die silberne Designerlampe neben dem Esstisch warmes Licht. Tessa und Herr Grevenbroich schliefen längst und Lina übernachtete bei einer Freundin, so dass sie den Detektivinnen nicht in die Quere kommen konnte. Denn der schwerste Teil der Ermittlungen stand ihnen noch bevor: das Verhör des Verdächtigen. Dieser saß mit blassem Gesicht am Küchentisch und fuhr sich durch seine schwarzen Wuschelhaare. Der große Unbekannte war keiner mehr. Das Phantom war entlarvt.

»Ich hätte nie im Leben gedacht, dass du es bist, den wir verfolgen.« Marie schüttelte ungläubig den Kopf, während sie Kakaopulver in die heiße Milch rührte.

Antoine starrte auf die Tischplatte aus blauem Glas. Er hatte keinen Ton gesagt, seit die drei !!! ihn im Garten gestellt hatten. Widerstandslos hatte er sich in die Villa führen lassen und war wie ein nasser Sack auf einen Stuhl geplumpst. Jetzt spielte er nervös mit dem Reißverschluss seiner dunklen Kapuzenjacke herum und schien sich nicht besonders wohl in seiner Haut zu fühlen.

Marie goss den Kakao in vier Becher und stellte sie auf den

Tisch. Sie nahm Platz und sah Antoine ernst an. »Und jetzt wüsste ich gerne, was du mitten in der Nacht in unserem Garten zu suchen hattest.«

Antoine schwieg. Fast hätte man meinen können, er hätte Maries Frage nicht gehört. Wenn da nicht dieses verräterische Zucken um seine Mundwinkel gewesen wäre.

»Wir wissen, dass du nach dem Schatz gesucht hast«, übernahm Franzi das Verhör. »Du brauchst also gar nicht zu leugnen. Sag uns lieber gleich, woher du die zweite Hälfte der Schatzkarte hast. Kennst du Anton von Stein?«

Antoine seufzte tief. Endlich blickte er auf. Die Entschlossenheit, die jetzt in seinen braunen Augen aufblitzte, konnte nur eins bedeuten: Er wollte reinen Tisch machen. »Ich bin Anton von Steins Enkel«, sagte er langsam und deutlich.

Die drei !!! starrten ihn verblüfft an und Marie rechnete schnell nach. Vom Alter her könnte es stimmen.

»Anton von Stein ist dein Großvater?«, fragte Kim, die sich als Erste von ihrer Überraschung erholt hatte.

»War«, korrigierte Antoine. »Er ist schon vor vielen Jahren gestorben. Ich hab ihn nie persönlich kennengelernt.«

Plötzlich schlug sich Kim mit der flachen Hand gegen die Stirn. »Ich Trottel!«, rief sie. »Jetzt weiß ich auch, warum du mir gleich so bekannt vorgekommen bist. Du hast große Ähnlichkeit mit deinem Großvater in jungen Jahren.« Sie zog den Zeitungsartikel hervor, über dem groß das Foto Anton von Steins prangte. »Dass ich nicht gleich darauf gekommen bin!«

Marie sah von dem Foto zu Antoine. Kim hatte Recht. Wenn man darauf achtete, war die Ähnlichkeit wirklich verblüffend. Die beiden hatten das gleiche kantige Gesicht, den gleichen leicht ironisch geschwungenen Mund und die gleiche hohe Stirn. Nur die Haare sahen unterschiedlich aus. Anton von Stein hatte im Gegensatz zu Antoine einen blonden Kurzhaarschnitt getragen.

»Mach dir nichts draus, Kim«, sagte Franzi tröstend. »Marie und ich haben das Foto auch angeschaut und uns ist die Ähnlichkeit bis gerade nicht mal aufgefallen.«

Antoines Blick hatte sich auf die alte Schwarz-Weiß-Abbildung geheftet. »Meine Großmutter hat auch immer gesagt, dass ich meinem Großvater wie aus dem Gesicht geschnitten bin.«

»Lebt sie noch?«, fragte Marie vorsichtig.

Antoine nickte. »*Grand-maman* wohnt in der Nähe von Nizza, wo sie meinen Großvater vor vielen Jahren kennengelernt hat. Für sie war es eine *amour fou*, die ganz große Liebe. Sie war blind für alles andere. Als sie endlich gemerkt hat, dass Antons Herz immer noch seiner Jugendliebe in Deutschland gehört, war es zu spät. Sie hatte ihr Herz bereits an ihn verloren. Und sie war schwanger.«

Die drei !!! hörten gebannt zu, ohne Antoine zu unterbrechen. Dieser fuhr fort, nachdem er einen Moment nachdenklich in seinen Kakao gestarrt hatte. »Neun Monate später kam mein Vater Jacques zur Welt. Anton von Stein stellte sich seiner Verantwortung und besuchte Jacques jedes Mal, wenn ihn seine zahlreichen ›Geschäftsreisen‹ nach Nizza führten. Dass er in Wirklichkeit ein gesuchter Verbrecher war, hat mein Vater natürlich erst viel später erfahren. Papa war vier Jahre alt, als Anton von Stein gefasst wurde und ins Gefängnis wanderte. Dort ist er einige Jahre später gestorben.«

Marie schluckte. Sie spürte, wie sich eine altbekannte Traurigkeit in ihr Herz schlich. Die Geschichte von Antoines Vater erinnerte sie an ihre eigene. An den Tod ihrer Mutter kurz nach Maries zweitem Geburtstag. »Es ist schlimm, wenn man so früh einen Elternteil verliert«, sagte sie leise.

Antoine nickte. »Ich glaube, mein Vater ist nie so richtig darüber hinweggekommen. Er hat sich zeit seines Lebens geweigert über meinen Großvater zu sprechen. Er hat ihn immer nur ›den Verbrecher‹ genannt und ihn ansonsten einfach aus seinem Leben gestrichen. Aber meine Großmutter konnte ihre große Liebe nicht vergessen. Als ich klein war, hat sie mir viele Geschichten über Anton von Stein erzählt. Dass er sehr charmant war und furchtbar gut aussah. Dass er der König der Diebe gewesen ist und an einem geheimen Ort einen wertvollen Schatz versteckt hat. Ich hab ihr nie so richtig geglaubt – bis ich kürzlich die halbe Schatzkarte entdeckt habe.«

Marie setzte sich auf. »Wo hast du sie gefunden?«

»Zwischen alten Unterlagen meines Vaters.« Ein Schatten legte sich auf Antoines Gesicht. »Er ist vor einem halben Jahr ganz plötzlich an Herzversagen gestorben. Offenbar ist den Männern in unserer Familie kein allzu langes Leben vergönnt.«

Darum hatte Antoine also immer diesen melancholischen Ausdruck in den Augen gehabt! Jetzt sah er so traurig aus, dass Marie ihn am liebsten in den Arm genommen und getröstet hätte. Aber sie hielt sich zurück. Dies war schließlich

ein Verhör und noch wussten sie nicht, welche Rolle Antoine in dem Fall spielte.
»Das war sicher schlimm für dich«, sagte Kim mitfühlend.
Antoine nickte. »Um mich von meiner Trauer abzulenken, hab ich mich voll und ganz auf die Suche nach dem Schatz konzentriert, von dem *grand-maman* mir als Kind so viel erzählt hatte. Leider war die Karte unvollständig. Aber auf der Rückseite war die Adresse einer gewissen Hildegard Metzler vermerkt. Ich bin sofort nach Deutschland gefahren, um den Schatz zu finden. Ich wollte ihn meiner Großmutter bringen, die immer darunter gelitten hat, dass Anton von Stein sie nicht so geliebt hat wie sie ihn.«
Marie runzelte die Stirn. Ihr war plötzlich ein Gedanke gekommen. »Kann es sein, dass unsere erste Begegnung in der *Chocolaterie* gar kein Zufall war?«
Antoine machte ein betretenes Gesicht. »Nein, ich bin dir an diesem Tag unauffällig gefolgt. Ich wollte ungezwungen mit dir ins Gespräch kommen, darum der Zusammenstoß an der Tür.«
»Du wolltest über mich Zutritt zur Villa bekommen, um hier nach dem Schatz suchen zu können, stimmt's?«, kombinierte Marie.
Antoine nickte. »Ich war davon überzeugt, dass mein Großvater den Schatz hier versteckt haben muss. Meine Recherchen hatten ergeben, dass er im Nachbarhaus aufgewachsen ist. Also musste Hildegard Metzler die Jugendliebe sein, die ihm das Herz gebrochen hat. Ich fand es ganz logisch, dass er den Schatz irgendwo in ihrem Haus versteckt hat.«
»Unglaublich!« Marie schüttelte empört den Kopf. »Dann

hast du mir also alles nur vorgespielt! Deine charmante Art, die Einladung zum Kakao, die Rose – das war alles nur Mittel zum Zweck!«

»*Désolé*, Marie.« Antoine sah sie mit seinen braunen Augen direkt an. »Ich wollte dir nicht wehtun. Aber ich war völlig besessen von meinem Plan. Außerdem war nicht alles gespielt. Ich finde dich wirklich sehr, sehr nett. Es ist mir nicht schwergefallen, mit dir zu flirten.«

»Na toll«, murmelte Marie, die nicht so richtig wusste, ob sie gekränkt sein oder sich geschmeichelt fühlen sollte. Es wurmte sie, dass sie als angehende Schauspielerin Antoines Inszenierung nicht sofort durchschaut hatte. Aber wahrscheinlich hatten seine tollen Augen und sein süßes Lächeln sie einfach zu sehr abgelenkt …

Kims Stimme riss Marie aus ihren Gedanken. »Wann hast du die Kartenhälfte aus Maries Zimmer gestohlen?«, wollte sie wissen. »Das warst du doch, oder?«

Antoine nickte. »Darauf bin ich wirklich nicht stolz, das müsst ihr mir glauben! Aber ich wusste mir keinen anderen Rat mehr. Marie hat mich leider nicht gleich zu sich nach Hause eingeladen und ich war zu ungeduldig, um noch länger zu warten. Darum bin ich letzten Freitag in die Villa geschlichen, kurz nachdem Marie und ich uns in der *Chocolaterie* zum ersten Mal begegnet waren. Ich hatte sie mit dem Bus wegfahren sehen und wusste deshalb, dass sie nicht zu Hause war.«

»Wie bist du in die Villa gekommen?«, fragte Franzi.

»Da waren ein paar Handwerker, die gerade ihre Sachen gepackt haben«, erzählte Antoine. »Die Tür stand offen und ich bin in einem unbeobachteten Moment einfach ins Haus geschlüpft. Ich habe in mehreren Zimmern nach Hinweisen auf den Schatz gesucht, aber nichts gefunden.«

»Also hast *du* in meinem Zimmer herumgewühlt!«, rief Marie. »Dann hab ich die arme Lina ja ausnahmsweise ganz umsonst verdächtigt.«

»Ich war frustriert, weil ich keinen Erfolg gehabt hatte«, erzählte Antoine weiter. »Bei unserem Date in der *Chocolaterie* wollte ich herausfinden, wie viel du weißt. Aber du hast mir nichts verraten.«

»Tja, so leicht lasse ich mich eben nicht aushorchen«, stellte Marie fest. »Und dann kam Holger und hat unser nettes kleines Gespräch unterbrochen.«

Antoine nickte. »Erst als ich euch abends beim Graben im Garten überrascht habe, wusste ich, dass ihr den zweiten Teil der Schatzkarte besitzt.«

»Du hast die Karte in meiner Hand gesehen, stimmt's?«, fragte Kim.

Antoine nickte wieder.

»Und in derselben Nacht bist du bei uns eingebrochen«, folgerte Marie. »Du hast unsere Kartenhälfte gestohlen, weil du den Schatz selbst heben wolltest.«

»Das war ein großer Fehler«, gab Antoine sofort zu. »Normalerweise steige ich nicht in fremde Häuser ein. Ich weiß auch nicht, wie es so weit kommen konnte.«

»Aber ich weiß es«, sagte Marie. »Du warst völlig auf die Schatzsuche fixiert, um nur ja nicht an deinen Vater denken zu müssen. Wenn man um einen geliebten Menschen trauert, macht man manchmal merkwürdige Dinge ...«

Antoines Augen schimmerten feucht. »Ja, wahrscheinlich hast du Recht. Es tut mir so leid, Marie. Kannst du mir verzeihen?«
Marie musste nicht lange nachdenken. »Das habe ich längst getan«, sagte sie großzügig. »Auch wenn du mich fast zu Tode erschreckt hast, als du nachts plötzlich durch unser Haus gegeistert bist. Du hattest übrigens riesiges Glück, dass die Alarmanlage nicht aktiviert war.«
Antoine wischte sich mit einer schnellen Handbewegung über die Augen. »Sie war aktiviert«, widersprach er.
»Und wie bist du dann ins Haus gekommen, ohne den Alarm auszulösen?«, wollte Kim wissen.
»Ich hab da so meine Tricks«, behauptete Antoine.
Marie runzelte die Stirn. »Was soll das heißen?«
»Mein Vater hat in Paris eine Firma für Alarmanlagen und Sicherheitstechnik aufgebaut«, erklärte Antoine. »Nach meinem Studium werde ich sie übernehmen. Deshalb kenne ich mich ziemlich gut in diesem Bereich aus und weiß, wie man eine Alarmanlage austrickst.«
Franzi pfiff durch die Zähne. »Nicht schlecht! Damit könntest du deinem Großvater glatt als Meisterdieb Konkurrenz machen.«
Ein wehmütiges Lächeln spielte um Antoines Lippen. »Ja, vielleicht haben wir mehr gemeinsam, als mir lieb ist …«
Marie trank ihren Kakao aus. Es war kurz vor eins, aber sie verspürte nicht die geringste Müdigkeit. Im Gegenteil, sie hatte sich selten so wach und unternehmungslustig gefühlt.
»Jetzt bringen wir die Sache gemeinsam zu Ende«, verkündete sie. »Wir werden den Schatz heben – hier und jetzt.«

»Und wie?«, fragte Franzi.

»Ganz einfach!« Marie streckte die Hand aus. »Die Karte bitte, Antoine.«

Nach kurzem Zögern griff Antoine in seine Hosentasche und zog etwas hervor. Dann legte er die seit Jahrzehnten verschollene Schatzkarte auf den Esstisch.

Das Geheimnis des lächelnden Engels

Ehrfürchtig betrachteten die drei !!! das alte Dokument. Antoine hatte die beiden Teile mit Tesafilm zusammengeklebt.
»Endlich ist die Karte wieder komplett«, stellte Kim fest.
Auch Marie war beinahe etwas feierlich zu Mute. So viele Jahre hatten die zwei Hälften in ihren Verstecken geschlummert und jetzt lagen sie glücklich vereint auf Maries Esstisch. Ob Anton von Stein geahnt hatte, dass es über vierzig Jahre dauern würde, bis sich jemand auf die Suche nach seinem Schatz machte? Nein, wahrscheinlich nicht. Vorsichtig drehte Marie die Karte um. Auf der Rückseite stand tatsächlich in krakeliger Schrift die Adresse von Hildegard Metzler. Auch der seltsame Text, der den drei !!! Rätsel aufgegeben hatte, war nun vollständig. Allerdings wurde Marie immer noch nicht schlau daraus.
»Was heißt das?«, fragte sie.
»Das ist Französisch«, erklärte Antoine. »Ich habe eine Weile gebraucht, um es zu entziffern. Mein Großvater hatte wirklich keine besonders ordentliche Handschrift. Übrigens noch etwas, das wir gemeinsam haben.« Er grinste. »Dort steht: *Un trésor pour mes deux trésors.*«
»Aha.« Franzi kratzte sich am Kopf. »Mein Französisch ist leider nicht so toll. Könntest du das bitte übersetzen?«
Kim kam Antoine zuvor. *»Ein Schatz für meine beiden Schätze«*, rief sie aufgeregt. »Was meint er damit?«
»Dass der Schatz für die beiden wichtigsten Menschen in

seinem Leben gedacht ist«, erklärte Marie. »So verstehe ich das zumindest.«
»Aber wer ist das?«, überlegte Franzi. »Helene Metzler und Antoines Großmutter?«
Antoine schüttelte den Kopf. »Ich glaube nicht, dass meine Großmutter gemeint ist. Die Kartenhälfte war in einem Märchenbuch versteckt, das Anton von Stein meinem Vater geschenkt hat, kurz bevor er verhaftet wurde. Das konnte ich an der Widmung erkennen. Papa hat das Buch aus Wut auf seinen Vater offenbar nie angerührt und deshalb auch die Karte nicht gefunden.«
»Hier steht noch etwas!« Kim tippte auf einige sehr klein geschriebene Wörter unter der Adresse, die sie fast übersehen hätten. Schnell zog sie ihre Lupe hervor und beugte sich über den Text. *»Derrière le papier peint dans la chambre d'Hildegard«*, las sie laut vor. Sie ließ die Lupe sinken.
»Hinter der Tapete in Hildegards Zimmer«, übersetzte Antoine rasch.
»Jetzt ist alles klar«, sagte Marie zufrieden. »Anton von Stein wollte, dass sein Sohn und seine Jugendliebe den Schatz gemeinsam heben. Erst sollten sie die zweite Hälfte der Karte hinter der Tapete hervorholen und sich dann auf Schatzsuche begeben.« Sie drehte die Karte wieder um. »Und genau das werden wir jetzt tun.«
Auf der vollständigen Karte war nun eindeutig die Villa samt Garten zu erkennen. Und noch etwas wurde plötzlich deutlich.
»Die Linie, die zum Fundament des alten Pavillons führt!«, rief Kim. »Das ist gar keine Linie, sondern ein Pfeil!«

Tatsächlich setzte sich die Linie auf Antoines Kartenstück fort. Sie endete mit einer Pfeilspitze, die auf etwas ganz Bestimmtes zeigte.
»Der Springbrunnen!«, flüsterte Marie.
Franzi sprang auf. »Wir brauchen einen Spaten! Bestimmt ist der Schatz unter dem Brunnen vergraben.«
Auch Marie und Antoine erhoben sich. Marie kribbelte es in den Fingern. Sie konnte es kaum erwarten, den Schatz endlich zu heben.
»Wartet mal …« Kim starrte konzentriert auf die Karte. Auf ihrer Stirn hatte sich eine steile Falte gebildet, wie immer, wenn ihr Gehirn auf Hochtouren arbeitete. »Das ist nicht logisch«, murmelte sie. »Anton von Stein hatte bei seinem Besuch nicht viel Zeit. Außerdem liefen vermutlich überall Handwerker herum. Es wäre viel zu auffällig gewesen, vor dem Haus ein Loch zu graben.«
»Möglicherweise ist er nachts noch einmal wiedergekommen«, überlegte Marie laut.
Kim schüttelte langsam den Kopf. »Das glaube ich nicht. Er wollte die Diebesbeute so schnell wie möglich loswerden. Und der Pfeil zeigt auf den oberen Teil des Brunnens …«
»Die Brunnenfigur!«, rief Marie. »Vielleicht hat er den Schatz in der Figur versteckt.«
»Stimmt!« Kim nickte. »Frau Metzler hat doch erzählt, dass der Brunnen an diesem Tag aufgestellt wurde. Es passt alles zusammen!«
»Dann nichts wie los!« Marie war bereits auf dem Weg zur Tür. »Jetzt heben wir den Schatz!«

Kurze Zeit später umringten die drei !!! und Antoine den alten Brunnen. Der Mond beleuchtete die kleine Figur, einen pausbackigen Engel, aus dessen Füllhorn sich früher Wasser in die Brunnenschale ergossen hatte. Jetzt wuchs Moos auf seinem Kopf und sein Füllhorn war schon lange ausgetrocknet. Trotzdem lächelte er die Detektivinnen milde an.
»Wir müssen die Figur irgendwie abmontieren«, sagte Kim.
Franzi kletterte geschickt auf den Brunnen und untersuchte die Konstruktion. »Das wird schwierig. Die Schrauben sind völlig verrostet und sitzen bombenfest.« Sie ruckelte leicht an dem Engel, was ein Unheil verkündendes Knirschen zur Folge hatte. »Ich glaube, der Sockel hat sowieso schon einen Sprung. Vielleicht können wir die Figur einfach abbrechen.«
Aber so leicht ging es leider nicht. Marie und Antoine stiegen zu Franzi auf den Brunnen. Mit vereinten Kräften versuchten sie die Figur vom Sockel zu lösen, während Kim von unten mit der Taschenlampe leuchtete. Es knirschte und knackte, doch der Engel bewegte sich keinen Millimeter.
Marie sah besorgt zum Schlafzimmerfenster im ersten Stock empor. »Wir dürfen nicht so laut sein, sonst wachen Papa und Tessa auf …«
In diesem Moment ging ein Ruck durch den Engel und er löste sich von seinem Sockel. Franzi stieß einen leisen Schrei aus, dann purzelte sie samt Engel in den weißen Kies.
Kim war sofort bei ihr. »Alles in Ordnung?«, fragte sie besorgt.
»Ja«, antwortete Franzi mit erstickter Stimme. »Aber könntest du bitte dieses schwere Ding von mir runternehmen?«
»Natürlich!« Kim befreite ihre Freundin von der Brunnenfi-

gur. Nun lag der Engel auf dem Kies, starrte mit leerem Blick in den schwarzen Himmel und lächelte trotz allem freundlich weiter.
»Wer macht es?« Kim warf einen Blick in die Runde.
»Ich!« Marie trat vor und kniete sich neben die Figur. Sie betrachtete die dunkle Öffnung, die sich unter den Füßen des Engels auftat. Die Figur war hohl. Der Schatz musste sich in ihrem Inneren befinden. Das hoffte Marie zumindest. Aber was verbarg sich sonst noch in den Tiefen des Engels? Dicke Spinnen mit haarigen Beinen? Krabbelnde Käfer? Oder etwas anderes Ekliges?
Marie nahm all ihren Mut zusammen, holte einmal tief Luft und steckte die Hand in das Loch. Mit angehaltenem Atem tastete sie in der Figur herum. Sand rieselte herab und etwas Weiches streifte ihre Finger. Spinnweben? Oder ein totes Tier? Marie bekam eine Gänsehaut und widerstand dem Impuls, ihre Hand ganz schnell wieder herauszuziehen.
»Und?«, fragte Franzi. Sie, Kim und Antoine beobachteten mit gespannten Gesichtern die Aktion.
»Bis jetzt noch nichts …« Marie tastete sich immer weiter vor. Ihr Arm war schon bis zum Ellbogen in der Figur verschwunden. »Moment mal – da ist was! Etwas Hartes … Aber es klebt irgendwie fest!« Sie griff nach dem geheimnisvollen Gegenstand, riss ihn mit einem Ruck los und zog ihn aus der Figur.
Kim beleuchtete den Fund mit der Taschenlampe. »Ein zusammengeschnürtes Päckchen!«, stieß sie vor Aufregung heiser hervor.
»Tatsächlich!« Marie wischte sich die Hand gründlich an ih-

rer Jeans ab, um sie von eventuellen Spinnweb-Resten zu befreien. »Hat jemand eine Schere oder ein Messer?«
Antoine zog ein Taschenmesser aus seiner Hosentasche und begann das Päckchen damit zu bearbeiten. Es war fest in dicke, schwarze Plastikfolie gewickelt und mehrmals mit Klebeband umwickelt. Offenbar hatte Anton von Stein ganz sichergehen wollen, dass weder Wasser noch Dreck eindringen konnten. Antoine brauchte eine Weile, bis er die Folie aufgeschnitten hatte.
Marie war ganz kribbelig vor lauter Ungeduld. Sie konnte es kaum erwarten, endlich den Inhalt des Päckchens zu sehen. Befanden sich wirklich die gestohlenen Diamanten darin? Oder anderes Diebesgut? Oder etwas, auf das sie bisher noch gar nicht gekommen waren? Alles war möglich …
»Ich hab's!«, keuchte Antoine nach unendlich lang erscheinenden Minuten. Die Plastikfolie fiel auseinander und gab ihr lange gehütetes Geheimnis preis. Unzählige kleine, fein geschliffene Steine kullerten heraus und mischten sich mit dem weißen Kies. Sie glitzerten so hell im Schein der Taschenlampe, dass Marie blinzeln musste. Es war ein unglaublicher Anblick.
»Diamanten!«, flüsterte Kim ehrfürchtig.
»Er hat sie tatsächlich hier versteckt.« Marie konnte es immer noch nicht richtig glauben. Hier, direkt vor ihrer Nase, war die ganze Zeit dieser Schatz von unschätzbarem Wert verborgen gewesen. Wie oft war sie achtlos an dem Brunnen vorbeigegangen, ohne die geringste Ahnung davon zu haben, was sich in seinem Inneren verbarg!
»Also hatte meine Großmutter doch Recht«, murmelte An-

toine. »Sie hat von Anfang an geahnt, dass ihr Geliebter irgendwo etwas sehr Wertvolles deponiert hat.«

»Dir ist hoffentlich klar, dass die Steine keineswegs dir gehören, oder?«, stellte Kim klar. »Anton von Stein hat sie in den Sechzigerjahren einem Diamantenhändler gestohlen. Wir müssen sie zur Polizei bringen, damit sie ihrem rechtmäßigen Besitzer zurückgegeben werden.«

»Bien sûr.« Antoine ließ die glitzernden Edelsteine durch seine Finger gleiten, als seien sie ein letzter Gruß seines Großvaters. *»Adieu, grand-père«*, murmelte er. *»Repose en paix.«*

Die drei !!! warteten einen Moment, bis Antoine sich wieder gesammelt hatte. Dann suchte Kim die wertvollen Steine zusammen und verstaute sie in einem kleinen Plastikbeutel, den sie aus ihrer Jackentasche zog. Wie immer war sie perfekt vorbereitet.

Marie seufzte. »Eigentlich schade, dass wir die Diamanten wieder abgeben müssen.«

Kim drückte Marie grinsend die prall gefüllte Tüte in die Hand. »Es reicht, wenn wir die Steine morgen früh zu Kommissar Peters bringen. Heute Nacht darfst du sie behalten.«

Marie betrachtete mit verklärtem Gesichtsausdruck die Diamanten. »Ich werde sie unter mein Kopfkissen legen und mich fühlen wie eine Prinzessin aus 1001 Nacht. Bestimmt bescheren mir die Steine einen wundervollen Traum.«

»Mir ist es egal, was ich träume.« Franzi gähnte. »Hauptsache, wir haben diesen vertrackten Fall endlich gelöst. Und jetzt will ich nur noch eins: auf meine Luftmatratze und mindestens zwölf Stunden schlafen!«

Detektivtagebuch von Kim Jülich
Sonntag, 12:22 Uhr
Tja, aus dem gemütlichen Ausschlafen, das Franzi sich gewünscht hatte, ist leider nichts geworden. Schließlich mussten wir unseren wertvollen Fund gestern noch bei Kommissar Peters abgeben. Er hat sich ganz schön gewundert, als wir am Samstagmorgen mit einer Tüte Diamanten bei ihm aufgekreuzt sind. Um Antoine nicht zu belasten, haben wir behauptet den Schatz allein gehoben zu haben. Natürlich haben wir ihm auch von der Schatzkarte und dem Diamantenraub in den Sechzigerjahren erzählt. Der Kommissar hat immer nur den Kopf geschüttelt und meinte, so was käme eigentlich nur in Filmen vor. Er will sich so schnell wie möglich mit seinen französischen Kollegen in Verbindung setzen, um zu klären, wem die Diamanten heute gehören. Sobald er etwas weiß, wird er sich melden.
Außerdem hatte er inzwischen das Untersuchungsergebnis zu dem Knochen bekommen, den wir in Maries Garten gefunden haben. Zum Glück hat sich herausgestellt, dass er nicht zu einem menschlichen Skelett gehört. Es ist der Knochen einer Katze, die vermutlich vor langer Zeit im Garten vergraben wurde. Wenn sich die Gelegenheit ergibt, werde ich Frau Metzler fragen, ob sie früher eine Katze hatte, die ihre letzte Ruhestätte hinter dem Pavillon gefunden hat.
Heute Nachmittag wollen wir den gelösten Fall bei Marie feiern – ich freu mich schon darauf!

»Auf Maries leichenfreien Garten!« Kim hob ihr Glas mit eisgekühlter Cranberry-Schorle.
»Prost!«, rief Franzi und die drei !!! stießen klirrend an.

Marie trank einen Schluck der leicht säuerlichen Schorle, die bei dem warmen Wetter herrlich erfrischend schmeckte. Sie saßen auf der Terrasse im Schatten eines großen Sonnenschirms und Marie ließ ihren Blick über den saftig grünen Rasen und die alten Bäume schweifen. »Ich bin wirklich froh, dass auf unserem Grundstück keine Leiche begraben wurde. Dann hätte ich nämlich nie wieder einen Fuß in den Garten gesetzt.« Sie rührte zerstreut die Eiswürfel in ihrem Glas um. Eigentlich war sie heute überhaupt nicht in Feierlaune. Ihr gingen ganz andere Dinge im Kopf herum.

Kim sah Marie forschend an. »Was ist denn los?«, fragte sie. »Du wirkst so bedrückt. Freust du dich gar nicht über den gelösten Fall?«

»Doch, natürlich.« Marie seufzte. »Aber ich hatte vorhin Stress mit Holger und das hat mir ziemlich den Tag vermiest.«

»Was ist passiert?«, wollte Franzi wissen. »Erzähl es uns, danach geht es dir bestimmt besser.«

»Ich war heute Vormittag spontan bei Holger«, berichtete Marie. »Ich wollte mich entschuldigen, weil ich ihn wegen der Sache mit Antoine so angefahren habe, aber er hat mich gar nicht zu Wort kommen lassen.«

»War er immer noch sauer?«, fragte Kim.

Marie nickte. »Und wie! Er meinte, er hätte genug von unserer ewigen Flirt-Freundschaft – so hat er es tatsächlich genannt! Er will, dass ich mich endlich entscheide. Entweder ich bekenne mich richtig zu ihm und wir sind wieder ein Paar oder er will mich nicht mehr sehen.« Marie schluchzte auf. »Was soll ich denn jetzt machen?«

Franzi schüttelte empört den Kopf. »Das ist ja richtig fiese Erpressung! Geh bloß nicht darauf ein.«
Kim machte ein nachdenkliches Gesicht. »Ich kann Holger schon irgendwie verstehen. Wenn er Marie wirklich noch liebt, muss es hart für ihn sein, sie ständig mit anderen Jungs flirten zu sehen. Ich würde das auch nicht ertragen.«
»So hab ich das noch gar nicht gesehen«, gab Franzi zu. »Trotzdem finde ich seine Reaktion ziemlich heftig.«
Marie wischte sich eine Träne aus dem Augenwinkel. »Ich will Holger nicht verlieren«, flüsterte sie. »Aber ich weiß auch nicht, ob ich bereit bin für eine neue Beziehung mit ihm …«
Kim drückte sanft Maries Hand. »Hör auf dein Herz, dann kann eigentlich nichts schiefgehen.«
Marie lächelte. »Danke für eure Unterstützung. Ich wüsste nicht, was ich ohne euch tun würde.«
»Das ist doch selbstverständlich.« Franzi grinste. »Wozu hat man schließlich Freundinnen?«
»Seht mal, da!« Kim zeigte zur Hausecke, hinter der gerade Antoine auftauchte. Er winkte den drei !!! zu und lief leichtfüßig die Steinstufen zur Terrasse hoch.
»Bonjour!«, begrüßte er die Detektivinnen. »Ich bin gekommen, um mich zu verabschieden.«
»Du willst schon abreisen?«, fragte Marie enttäuscht. Sie hätte gerne noch mehr Zeit mit dem sympathischen Franzosen verbracht, auch wenn sie bei seinem Anblick kein aufgeregtes Bauchkribbeln mehr verspürte. Das war vorbei. Holgers Ultimatum hatte alles in ein anderes Licht gerückt.
Antoine nickte. »Ich nehme heute Abend den Nachtzug nach Nizza.«

»Willst du deine Großmutter besuchen?«, erkundigte sich Kim.
»Oui«, bestätigte Antoine. »Ich möchte gerne mehr über meinen Großvater erfahren. Seit der Schatzsuche fühle ich mich ihm irgendwie viel näher. Ich glaube, wir hätten uns gut verstanden.«
»Das glaube ich auch.« Marie stand auf und umarmte Antoine zum Abschied. »Ich wünsch dir alles Gute. Und melde dich, wenn du mal wieder in der Stadt bist.«
»Bien sûr.« Antoine verteilte letzte Wangenküsschen an Kim und Franzi, bevor er sich auf den Rückweg in die Pension machte, um seine Sachen zu packen.
»Ein netter Kerl.« Kim nippte an ihrer Cranberry-Schorle. »Apropos – wie läuft es eigentlich mit Felipe?« Sie warf Franzi einen fragenden Blick zu.
Franzi grinste. »Bestens! Es ist alles wieder in Ordnung. Wir haben uns ausgesprochen und ich weiß jetzt, warum Felipe neulich so komisch reagiert hat, als ich ihn nach seiner Kindheit in Mexiko gefragt habe. Er hatte ganz einfach Heimweh!«
»Der Ärmste!« Kim schüttelte mitfühlend den Kopf.
»Eigentlich ganz logisch«, sagte Marie. »Es muss schwer für ihn sein, so weit weg von seiner alten Heimat ein neues Leben anzufangen.«
Franzi nickte. »So hat er es mir auch erklärt. Zum Glück gehen seine Heimwehattacken meist schnell vorüber. In den letzten Tagen war er mehrmals mit mir zusammen bei Oma Lotti. Er macht sich genauso große Sorgen um sie wie ich.«
Kim lächelte. »Toll, dass er dich so unterstützt.«

»Wie geht es Oma Lotti?«, erkundigte sich Marie. »Macht sie allmählich Fortschritte?«

»Und wie!« Franzi sah jetzt richtig glücklich aus. »Als ich sie heute Vormittag im Krankenhaus besucht habe, war sie zum ersten Mal wieder ansprechbar. Sie hat mich eindeutig erkannt und auch verstanden, was ich gesagt habe. Aber sie ist halbseitig gelähmt und kann nicht richtig sprechen.«

»Wird sie sich denn vollständig erholen?«, fragte Kim.

»Die Ärzte sagen, mit etwas Glück lernt sie das Sprechen irgendwann wieder.« Franzis Miene verdunkelte sich. »Aber sie kann nicht mehr alleine in ihrem Haus leben.«

Marie machte ein bestürztes Gesicht. »Und was wird dann aus ihr?«

»So ein teures Altenheim wie den *Seniorenstift Waldesruh* kann sich Oma Lotti jedenfalls nicht leisten«, sagte Franzi. »Mama und Papa haben hin und her überlegt. Wahrscheinlich wohnt Oma Lotti nach ihrer Entlassung aus dem Krankenhaus erst mal bei uns. Sie könnte Stefans Zimmer bekommen, falls er bis dahin ausgezogen ist.«

»Hat er schon einen Platz im Studentenwohnheim in Aussicht?«, fragte Kim.

Franzi schüttelte den Kopf. »Leider nicht, die Zimmer sind sehr begehrt und die Wartelisten furchtbar lang. Dabei würde Stefan lieber heute als morgen ausziehen.«

»Das klappt schon«, beruhigte Marie ihre Freundin. »Notfalls kann er sich ja auch ein WG-Zimmer suchen.«

In diesem Moment klingelte Kims Handy. Sie warf einen schnellen Blick auf das Display, bevor sie das Gespräch annahm. »Hallo, Kommissar Peters! Was gibt's?« Sie lauschte gebannt. »Aha … ja, das haben wir uns schon gedacht.« Plötzlich schrie sie auf. »Ehrlich? Das ist ja toll!« Kim strahlte über das ganze Gesicht.

»Was ist los?«, zischte Marie, aber Kim schüttelte nur den Kopf.

»Vielen Dank! … Ja, das mache ich … Prima, bis bald!« Kim ließ das Handy sinken.

»Jetzt erzähl schon!« Franzi trommelte ungeduldig mit den Fingernägeln auf der Tischplatte. »Was hat Kommissar Peters gesagt?«

»Ihr werdet es nicht glauben!« Kim lächelte versonnen. »Die Diamanten stammen tatsächlich aus dem Raub in Südfrankreich.«

»Ist das alles?«, fragte Marie enttäuscht. »Das war doch schon so gut wie sicher.«

»Nein, das ist nicht alles.« Kim spannte ihre Freundinnen mit einer kurzen Pause auf die Folter. Dann verkündete sie: »Die französische Polizei hat die Erben des Diamantenhändlers ausfindig gemacht. Sie waren überglücklich, die verloren geglaubte Diebesbeute doch noch zurückzubekommen. Deshalb wollen sie uns eine saftige Belohnung zahlen!«

»Was?«, quiekte Franzi. »Das ist ja super!«

»Allmählich wird unser Detektivclub richtig reich«, stellte Marie gut gelaunt fest.

»Wie viel wir genau bekommen, ist noch nicht klar«, erzählte Kim weiter. »Aber der Kommissar meinte, es wird bestimmt ein ordentliches Sümmchen.«

Marie hob ihr Glas. »Darauf müssen wir anstoßen. Auf die Diamanten!«

»Auf unseren erfolgreichen Detektivclub!«, rief Franzi.
»Und auf einen weiteren gelösten Fall«, fügte Kim hinzu.
Die Detektivinnen ließen ihre Gläser zum zweiten Mal an diesem Nachmittag gegeneinanderklirren.
Marie nahm einen großen Schluck Cranberry-Schorle. »Ich habe übrigens Papa und Tessa überredet, den alten Springbrunnen restaurieren zu lassen. Bald wird wieder Wasser aus dem Füllhorn des Engels plätschern!«
»Eine gute Entscheidung.« Franzi grinste. »Das ist das Mindeste, was du für den Engel tun konntest, nachdem er sein wertvolles Geheimnis so lange gehütet hat.«
»Finde ich auch.« Kim hob zum dritten Mal ihr Glas. »Auf das Geheimnis der alten Villa!«
»Und auf den lächelnden Engel, den treuen Bewacher des Diamantenschatzes!«, sagte Marie.
Nochmals ertönte dreifaches Gläserklirren. Das fröhliche Lachen der Detektivinnen schallte durch den Garten bis zu der kleinen Engelsstatue, die neben dem Haus im Gras lag und darauf wartete, dass ein geschickter Restaurator ihr neues Leben einhauchte. Es schien, als wäre das Lächeln des Engels noch etwas breiter geworden. Er würde weiterhin über die Villa und ihre Bewohner wachen, so wie er es schon seit vielen Jahren tat, als würdige Erinnerung an längst vergangene Zeiten.

Doppelte Spannung

Henriette Wich
Die drei !!!: Gefährlicher Chat / Betrug beim Casting
288 Seiten.
Sammelband
ISBN 978-3-551-31385-0

Ein Jugendsender sucht eine neue Mädchenband. Die ganze Schule ist im Castingfieber und auch Marie ist sofort Feuer und Flamme. Kim und Franzi unterstützen sie natürlich. Doch etwas scheint nicht mit rechten Dingen zuzugehen – ist etwa Bestechung im Spiel?

Franzi verbringt jede freie Minute in einem Chatforum. Dort erfährt sie von einer Einbruchserie. Die Diebe schlagen immer am Tag zu und wissen genau, dass gerade niemand zu Hause ist. Die drei !!! haben den Verdacht, dass das Onlineportal in den Fall verwickelt ist …

CARLSEN

www.carlsen.de